愿时光不老去

采言
著

北京联合出版公司
Beijing United Publishing Co.,Ltd.

图书在版编目（CIP）数据

愿时光不老去 / 采言著.--北京：北京联合出版公司，2017.1（2024.3重印）

ISBN 978-7-5502-9221-5

I. ①… Ⅱ. ①采… Ⅲ. ①随笔—作品集—中国—当代 Ⅳ. ①I267.1

中国版本图书馆CIP数据核字（2016）第285855号

愿时光不老去

作　　者：采　言
出 品 人：赵红仕
出版统筹：朱文平
责任编辑：徐秀琴
特约编辑：黄梦梦
特约监制：徐均成
封面插画：LOST7
封面设计：孤舟倦客

北京联合出版公司出版
（北京市西城区德外大街83号楼9层　100088）
三河市天润建兴印务有限公司印刷　新华书店经销
字数 158千字　900毫米×1280毫米　1/32　7.5印张
2017年1月第1版　2024年3月第2次印刷
ISBN 978-7-5502-9221-5
定价：38.00元

序言

自从成为一名老师后，我每天的生活是这样的：

晨曦未露，闹铃声已响，虽然困意未消，但时不我与，于是揽衣起床。十五分钟内赶到校车停靠点，其间偶有一两同事亦小步急行，然力不能胜，殊不为惧也。

早点因地制宜，但不可不吃。

校车体积不小，声音有点吵，江湖绰号大黄蜂，却不能变形，甚憾。

窗外晨雨潇潇，办公室内灯光昭昭。桌上已遍布各类作业，在课代表的精心搭配下，堆放得远高近低错落有致，宛若山岭逶迤。各种书籍杂以其间，有若大家闺秀，红颜半遮，信手拈来，有“孤灯夜雨乱翻书”之乐，实为快事一件。铅笔、钢笔、圆珠笔各色笔等均乃江上渔樵，常于所用时现而所闲时则不知何处，深通人意，不可小觑。至于零钱饭卡们，则大有隐者风范，死活不肯出仕，累我时常蹭饭于他人。偶有几张卷子旁逸斜出，更见其风致。

身后乃我悉心所画的苏东坡先生，其目光宁静悠远，予人无限心安。

上完晚自习后，外面已是万家灯火，乘着依旧不会变形的大黄蜂归家。

我喜欢这样的生活。

而另一种身份所带来的另一种生活，我也同样喜欢。写手，也算是一个身份吧，既然是身份，大概就该从“出道”的时候算起吧。

第一篇文章发表的时候，我还算是风华正茂，刚刚毕业，签到工作，努力学习如何成为一名合格的语文教师。因为年轻，很快就和学生打成一片，因为打成一片，所以基本没什么威严。只带一个班，上课时常天马行空，胡说八道，如此成绩居然还不坏，可见语文真不是教出来的（笑）。

我的女朋友，也远离家乡，来到这个陌生的城市，陪在我身旁。每天为找到一份工作而奔波努力着，日子虽然辛苦，却很开心。看着身边的她辛苦的样子，想起大学时恋爱中的种种甜蜜与忧愁，就有了写作的冲动，于是写出了一篇很有小清新风格的文字。论文体，算是诗化小说吧，继承沈从文先生开的道路，题目叫《你能不能唱一首歌》，投了出去。遇到的编辑很好很耐心，说过了初审，但要修改，一共修改了四次，我几乎都快放弃了，却在一个阳光温暖的下午，在办公室中接到短信，说你的文章已经通过终审，请确认笔名与标题以及账号。那一刻真的是很兴奋，因为在生活中做一件从来没有做过的事并取得了结果，因为读了中文系然后凭借写文章获得了稿费，新鲜感、兴奋感和小小的成就感，都是那样的难忘。

然后就等出刊，等啊等，没事了就跑去报纸杂志贩卖点问。终于，看到了那一期，一口气买下所有的存货，大约十多本。结果当天上作文课，被学生们连坑带骗地一人弄走一本，最后我只剩下一本了，现在想起来还十分后悔，该多留两本的。

不多的稿费孝敬给女友，被她买化妆品去了。

那么我就算出道了吧。后来逛写手论坛，混写手圈，才知道没有任何经验与人脉，纯靠运气乱投能上稿的概率有多么小，于是我后边的悲剧命运也就注定了。接连投稿，初审通过率几乎百分百，而终审嘛，就不是那么如意了。那段时间可以用这样的话来形容：各种初审各种过，各种终审各种毙。不过我心态好，反正哥也不靠这个吃饭。其间也遇到过赏识我的，想请我做专栏写手，但后来那本杂志出了几期之后却停刊了，我想说这真的不是我人品不好连累的。

直到一本走文艺风的杂志创刊，我投了篇《永远的H.O.T》，主编说她也喜欢他们，永远的偶像天团，自己高中的青春回忆。刚好第一季的主题就叫“遇见旧时光”，她说喜欢我的文字风格，于是顺利上稿，并送我三本样刊。刊物很精美，遗憾的是，这本杂志也没能走得太远。坚持一些东西，就会失去一些东西，可是，这并没错。

稿费依旧孝敬给爱人，这次被她买衣服去了。

之后又陆续在电子刊物上发表过一些作品，虽然也有稿酬，可终究还是喜欢阅读实体刊的感觉。有人预言在未来电子阅读将全面取代实体书籍，我想，这一天想必还比较遥远，因为有些人总是很怀旧。

一次阅读课上，一个留着长长的头发、看起来可爱，同时却又有点天然呆的女生跑过来，要我推荐几本青春校园类的小说给她。我就随手写了一些书单给她，其中有些书，年龄可能比她还大。

一周后，我的办公桌上压着一封她写给我的信，她说老师，为什么这么老的一本书会让我看得那么想哭呢？我的花季雨季，我的十七岁，也会有这么多有趣的朋友，这么多值得记忆的事吗？我马上就十七岁了啊。她说她去百度作者的资料，看着看着就又差点哭鼻子了。她就知道，作者一定很优秀，一定是那种优秀的学生、出色的女孩，就是她一直想要成为的那种人。她说老师您知道现在她怎么样了吗？还一如既往地优秀吗？那么意气风发的少年时代，她会常常怀念吗？

在信的末尾她问我，大学生活究竟是怎样的？值得憧憬吗？是不是也有那么一本书，把答案都已经写好了呢？如果有，请告诉我它的名字。

想象着她提问时颇为好看的困惑表情，我不禁微笑起来。于是我去书店中仔细地翻找，在记忆中认真检索，然而，似乎并没有那样一本书，能够回应一个成绩很好的高中女孩对大学的美丽憧憬。

于是我回信给她：是的，有那样一本书，名字叫作《愿时光不老去》，在你毕业之前，一定会写好。

她明白，然后，她要求做语文课代表。每天课前她都会跑来问我今天我们要讲些什么，要准备哪些东西。当黑板上写满其他科作业时，她会对我说，老师，语文作业呢？我们多留点，和他们拼了。当然，她也会时常探问，小说写到哪里了，可以先看看几个章节吗？

无论你是否喜欢自己的大学，她都是你生命中很重要的一段时光。我一边逐渐整理与之有关的素材，一边慢慢地去写，去捕捉那些感动的、难忘的、伤感的、愉快的种种时刻。我写得很慢，有时甚至一周也写不出一个段落。然而每当想信笔涂画、随意写下去的时候，就会想起德国汉学家顾彬的话，他说语言是作家一生的情人。我只算个写手，那语言就该算是我的发妻了（玩笑）。所以我选择学贾岛，在推敲与琢磨间让文字契合金色年华中那细腻鲜活的情感。

在我的印象中，大一是柠檬黄，鲜亮生动，所以文字也该活泼幽默；大二是薄荷凉，有成长，也有伤感，文字便应忧郁唯美一些；而大三是青草绿，逐梦的时候，文字是朴实而富于质感的；大四充满了怀念，如D大调的曲子，如冬日午后的暖阳，所以要用温馨怀旧的文字来表达。

这本书也许有着这样那样的不成熟，但至少它的语言，它的文字，对得住每一位阅读它的读者。

语言和故事，哪一个更重要？爱读故事是每个人的天性，柏拉图甚至说，谁会讲故事，谁就拥有整个世界。不过，一个欲罢不能的故事在听过一次之后，是否还具有强烈的吸引力，大约要因人而异了吧。

美丽的故事，用心的文字，才经得住反复回味。

我也喜欢写故事，可我更喜欢写生活的故事。一位俄罗斯作家曾说过，凡是读过帕乌斯托夫斯基作品的人，没有不喜欢的。他有一部散文集，名字就叫《生活的故事》，我非常喜欢。从图书馆中借走后，谎称丢失了，赔了三倍的价钱，拥有了它。

《花开过没有痕迹》，是我个人最珍视的一篇。那时候，音乐系的一个女孩病了，她是我们寝室二哥的朋友，她的病，是治不好的那种。学校号召大家为她捐款。这种事，也许你在电视电影小说中已经看过了许多，甚至已觉得很无聊，认为这种事多半是作者煽情的手段。是的，也许的确如此。可当它就发生在你身边的时候，那种感觉是不一样的。为什么那样好看的一个女孩却要得这种病？为什么那样鲜活的一个生命就是挽留不住？命运到底想要告诉我们什么？我想起孔子“命也夫！斯人也而有斯疾也”的叹息。我们谁都没办法对抗命运，可至少我可以用文字写下，只要有人读，她就不曾离开。

我把它拿给那个女生，我的课代表，请她看，说你要告诉我你最真实的感受，因为你是这本书将要面对的读者。她读过之后，仍然是用写纸条的方式告诉我：

老师：

现在我刚考完二诊，坐在嘈杂的教室里给你写我的感受，似乎更有味道。阿苏的故事，很感人，很美，用清丽的文笔将女孩的心事娓娓诉说，让我有一种很微妙的触动和久久的沉思。觉得文字太美，以至于我忘记了前后的内容，只是反复阅读着眼前那一段段的描写。最后，真挚地祝福您投稿成功，让更多的人看到阿苏的故事，让阿苏的故事感动更多人。

——你的忠实读者与课代表

我很感谢她，这些话，对我很重要。

断断续续，我终于写完了它。每一篇都是对过往生活的体会与记录，每一篇的文字都是精心写下的，对于我，它很有意义，可对于市场，也许根本不算什么。我知道这样，但还是投起稿来。

有编辑说写得很好，作为选题报给了主编，但后来却不了了之，鼓励我继续加油。有回复说，小说结构新颖，文笔流畅优美，但遗憾的是目前我社没有出版青春校园类图书的计划，如果以后有，一定会第一时间联系您。即使这只是例行公事的客套话，我也还是很高兴。然而邮箱中收到的，更多是各种礼貌的拒绝。

多少大家尚且经历过无数次退稿，依旧坚持不懈。我不过被拒绝了几次，又有什么关系呢？

骄傲时，我觉得自己写得很好；低落时，我觉得自己也许真的太自以为是了，你自己的生活，凭什么要其他人喜欢看？

我的爱人曾对我说，我不想你继续投稿了。我问她为什么，她说那些是你辛苦写下来的，很珍贵，我不想别人对它们说三道四的。

这话可真温暖。

校园中的银杏树叶子正变得金黄。

一株银杏高高长在教学楼旁，叶子随风发出絮语。阳光穿过，在墙上投下它们美丽的身影，好像月光穿过了古式的雕花窗格，照着谁家小姐的梳妆台，留恋徘徊。那故事经过岁月的沉淀，哀而不伤。

今天是周末，三五成群的学生在校门口出出进进，他们很阳光地和我打着招呼，说老师好。我笑笑，年轻真好。

今天，我的第一届学生毕业了。

我坐在办公室中，窗外的绿荫很浓，遮住了半扇窗，阳光就在上面微微地摇着，似乎很满足，又有一点伤感。

我的课代表，有着一头长发，总是带着一点天然呆，成绩很好的这个女孩，对大学生活有着美好憧憬的这个女孩，静静地推开办公室的门，站到我身边，像往常一样为我整理好桌子，就那样站了一会儿，然后，好像第一次进办公室见我时一样，轻轻地说了声“嗨”。

“嘿，我看到你的成绩了，很不错，过重本线许多，你可以选你喜欢的大学了。只是，身为课代表，为什么语文分数反倒比较低呢？”

“因为语文是第一科，我很紧张。”

“原来如此。”

“对了，我想学中文，你看怎么样？因为用了排除法之后，我发觉自己也只能学中文了。”

“这叫什么话，文学可是很珍贵的。”

“好吧，我是觉得我很喜欢文学，但我擅长的，却又是英语。”

“文学并不难学，你肯定能学得很好的。”

“那，中文系都有些什么课程呢？”

“首先是文学史，就是在每一个时期，各种体裁的文学都是怎样兴起并发展的，代表人物和作品都有哪些。”

“都要背下来吗？”

“如果只是应付考试，自然是要背的。可我说的是学习，背下来，你还不懂它。”

“感觉好难哦。”

“可是你喜欢，你就能学得好。”

“那么会不会在阅读中被别人的思想同化？”

“也许会，尤其是遇到与自己相合的思想时，很容易被同化。”

“我不想那样，我觉得无论何时，都不能失去自己。”

“说得很对，不能失去自己，失去自己，一切就都没了意义。”

“你还会当老师当多久？”

“为什么这么问？”

“因为……您很博学，可您太温柔了，不够严厉。好老师都是很严格的。”

“这话听起来可真是令人伤心。我不知道，其实我想再考取一个古代文学或者语言文学的学位。我本来的学位是现当代文学，但听我讲课你知道，其实我对古代文化和语言文字更感兴趣。”

“那怎么……”

“因为现在我有了甜蜜的负担啊，所以我不能再很自由地说做什么就做什么了。”

“这倒也是，现在你的确不敢轻易辞职了。那我觉得你可以把这个理想先放一放，先去做一些其他的事，等待时间允许时再说。”

“没错。”

“你答应给我看的书，还没有写好吗？”

“写好了，但还需要等待出版，本来希望可以作为毕业礼物送给你们的。”

“嗯，好吧，千里马常有，而伯乐不常有，你的作品一定会出版的。”

“谢谢。”

“你们现在还有什么事？”

“大概没什么了，昨天在露天广场等你们的高考成绩，许多平时温文尔雅的老师也喝了很多酒，有种无论重本考多少，不如今宵一场醉的感觉。”

“哈哈！”

“之后学校还有一个为优生准备的夏令营，需要多才多艺的班主任参与，和我就没什么关系了。”

“夏令营？我觉得挺扯的。”

“是吗，管他呢。”

“我的高中三年，就这样过去了。它和我想象的不太一样，可能更枯燥一些。有许多事，是我没有想到的，有些则超出了我的期待，也有许多没能回应我的期待。”

“其实到了大学你会发现，大学的四年时光，也是这样，一下子就过去了。没有什么可以留住时光。”

“所以，愿时光，不老去？”

“不错啊，这正是我写这句话时的心情。”

“其实时光怎么会老去呢？老去的，只是我们。可我真想留住时光啊。”

“最是人间留不住，朱颜辞镜花辞树。”

“嗯，那就这样了，我走了。”

“好的。”

“走之前，我还想再说一句话。”

“好的，我听着呢。”

“我觉得自己很幸运，在我生命的每一个阶段中，在我需要时，都会遇到几位很好的老师。在高中相处的这三年里，谢谢你。”

那些学生，那些故事，就这样，都溜走了，我很想念他们。

现在，小课代表所不知道的是，那本书最终获得了出版的机会，这是最好的结果。

我知道它是一本认真的、好的小说，它是用心的文学作品，而不仅仅是虚构的故事。有人愿意出版它，更多的人会读到它。它会以一本书的样子留在我的书柜中，只要想起那段青春岁月，我就可以去翻看。回忆会因文字而更加鲜活，我的心会因之而变得更年轻、更柔软、更有勇气，生活会因此而更加美好。

这难道，不是最好的结果吗？

此刻，窗外阳光温暖，天气很好，我在电脑前写下这些文字，这是最好的时光。

目 录

卷一 青春本纪

卷二 指尖花凉

卷三 长歌韵行

卷四 时光琥珀

引 子

那些绽放在盛夏里的繁花，总是在经年记忆中播撒出醉人的清香，晕染着曾经的锦绣年华。

即将毕业的我们正在筹备着毕业晚会。

舞台上，小郭正埋头调试音响，方夕在帮忙试音；二哥背串词背得三起劲儿；苏秦在制作着晚会中要使用的PPT；丁冬手持彩带忙来忙去，兴致高时还会忙里偷闲做个现代舞中的旋转动作；正在仔细布置舞台背景的肖凌身上挂满装饰用的鲜花，巨大而华丽的幕布映衬下，她显得很落寞；角落里，陈萱坐在钢琴旁，跳动的指尖流淌出一串串音符；笑南则手持相机，为我们最后的校园时光留下一张张印记。

我静静地坐在观众席上看着这一切，舞台上明亮的灯光让我想起初入大学时的那个午后，那个午后的阳光也是如此明亮，并且温暖。

卷一 青春本纪

◆ 早操记

大学中，入住寝室之后，都会进行排座次这种听起来很有江湖好汉范儿的活动，只不过原则呢，就很无聊了——按生日。

这种纯先天的方式让人没有任何可以后天发挥的机会，任你豪气干云剽悍威猛是一条真的汉子也未必当得了龙头老大，任你浊世翩翩弱不禁风是一个惨绿少年却也有可能当大哥。在这种无良规则下，我无奈地成为寝室中的老七，并被冠以“六少”的外号。为什么我坐第七把交椅却会被称为六少呢？我曾就这个问题去请教一位学长，前辈很严肃地对我说：“少年，你以为这里是什么地方？这里可是中文系啊。一个让你那早已暗淡的心灵重新焕发光芒的地方，一个让你那被禁锢的想象力重新飞扬的地方。在文学的世界里，一切皆有可能。”这段诗朗诵一样的语言深深折服了我，就在我的敬仰之情还没有完全平复的时候，学长喝了口水，若无其事地又补充了一句：“当然，也可能仅仅是因为这样叫着顺口。”

我再也不愿相信文学了。

只是，这个听起来颇具霸气的六少名号常常被他们喊成“小六”，还好没有因为效法古人以示尊重而在后面加上一个“子”字。

天刚蒙蒙亮，关于这个，可以有不同的表述。

用小学生作文中喜闻乐见的话来说叫作东方刚露出鱼肚白；用高中教材中的经典表述则为“东方之既白”；而对于大学中的我们来说则意味着即将进行身体与床板的分离活动，它的过程是这样的：手机闹钟提示正常，窗外风速正常，外套穿着正常，棉被展开正常，开始分离……分离……好吧，你只需要知道，操作最终能否成功取决于个人神经系统的强度如何。

校园广播站的喇叭也时不我待地赶忙响起来，乐此不疲地用音乐进行轰炸。

老大第一个从黑暗中觉醒过来：“喂，听，有音乐，是不是要上操啊？”

“不会吧，昨天不是说今天早上停操的吗？”小郭从被子里探出个脑袋。

当当当，外面有人敲门：“喂，醒醒，醒醒，同志们开下门。”

二哥不满地向门看了一眼，打了个哈欠说：“天王盖地虎，小六。”

我也刚醒，蒙眬中听到一个虎字，忙接上：“虎踞龙盘，小魏。”

“盘，盘根错节，老大。”

“节，节……”老大是理转文考过来的，很不习惯这种具有中文系特色的接字游戏，“节”了半天没“节”上来，“节”果很严重。

“好，老大开门。”大家说完各自继续卧倒。

老大一脸无奈，伸手把床板抓得吱吱作响，痛苦万分地坐了起来，爬下床去打开了门。

站在门口的是舍务部干事：“一会儿要上操，同志们，别迟到，否则扣分。”说完转身要走，但身体却被二哥热情的招呼声又拉了回来，二哥中气十足地打了个招呼：“早上好！”干事听罢回眸一笑，对二哥说了句你也是，然后飘然离去。

我们很纳闷，一边起床一边问二哥：“你跟他打招呼，他怎么说你也是啊？”

“哎，六啊，一看你就没在舍务部待过。”

“有什么关系？”

“听舍务部的老生说，叫学生起床是最挨骂的差事，所以若有人跟你打招呼，心里肯定是骂你。”

“原来如此，那二哥岂不是……”

“居然被他反骂了，鄙视他！”

“那他会反鄙视的。”

“反反鄙视！”

洗漱完毕，见旺哥还没动静，“旺哥，你去不去了？”

“不去了。”

“不去扣分。”

“扣就扣，老子不过了。”

旺哥威武。

走出宿舍，一阵清新的空气迎面扑来，微微有点凉意。薄雾还没有完全散去，阳光从叶子间洒落，追逐着空气中的微尘。光线如精灵般灵动，追随着你的脚步改变着角度，偶尔，折射出彩虹的颜色。

我喜欢清晨，尽管不习惯早起。闭上眼，用脸颊感受此刻阳光所特有的味道，那味道在唇齿间写下一句话：莫放春秋佳日过。

走过花坛，迎面是报告厅和孔子像，每逢重要考试，都会有许多学子来拜一拜这位老先生，表达一份祈愿之情。

孔子的目光幽深绵长，穿过岁月，波澜不惊。他凝视着前方，一张张神采飞扬的年轻脸庞正迎着晨曦走来。

来到绿草如茵的操场上就会发现，其实所谓的上操，倒更近似于晨读，允许每个人自由活动。而这份自由来之不易，其间经过了一段波澜壮阔的、足以写入中文系历史的伟大斗争（好吧，我承认也许波澜壮阔和伟大这两个词用得有点夸张，不过中文系嘛）。

最初上操是真的要做操的，而且所做的还是经久不衰，其悠久程度可以和新闻联播相媲美的第八套广播体操。二哥说每当音乐响起的时候，他都感觉回到了建国初，全身上下涌起一种要大干特干建设社会主义的冲动。

刚刚步入大学，对自由时尚充满向往的大一新生们，对待早操的态度用一部动画的名字来形容最是恰如其分——《锁锁美同学提不起劲》，锁锁美三个字可以换成任意一位同学的名字。可是不做的话，学生会动不动就以扣分相威胁，于是做操时只好敷衍一下了。大多数同学只是扬扬手，伸伸腿，更有甚者，经常摆个思想者的pose直到下操。

辩证法教导我们，量变将会引起质变。

终于在一天早上，是不约而同还是心有灵犀抑或处心积虑又或是早有预谋已经无法考证了，中文系上演大事件之集体罢操。

这可是中文系历史上从来没出现过的大事，学生会立刻毛了，派出全部舍务干事声嘶力竭地喊了半天也仍然没一个人出去。面对干事们或动之以情，或晓之以理，间或气急败坏的态度，中文系学子们的回应非常有礼貌，六个字：不开门，不说话。

任你风吹浪打，我自闲庭信步。

这简直就是圣雄甘地非暴力不合作思想的生动体现啊。

壮哉，我大中文学子！

系办知道后认为此事必有预谋，于是严查谁是领头的，二哥首当其冲被找去谈话。

“你，作为中文系的，一名称职的学生干部，要以什么为原则展开工作，啊？”

“为人民服务！”

“……”

“在这件事情里，你们都是参与者，啊，是不会承担什么责任的，但如果找不到组织者的话，那，可就难说喽！”

“我明白，它将会记入档案，我的人生，从此有了污点。”

“对对对对，你看你，还是很明白事理的嘛，那么，这件事，谁领的头？”主任很激动。

二哥一脸无可怀疑的真诚：“我真的，不知道。”

主任脸上尚未绽开完的笑容就那样定格成为一个美丽的瞬间。

之后，又陆续找每个学生前去谈话，但想我中文学子，哪一个不是博览群书，岂是易与之辈？法家思想提示我们，法不责众；儒家思想教导我们，子为父隐，父为子隐，直在其中矣。故而大家团结一致，决不出卖同志，到最后谁也没能查出来。面对传统文化的博大精深，系办只好甘拜下风，此事不了了之。不过系办还算明智，明白大禹治水的道理，所谓塞不如疏，既然你们都不爱做操，那就干脆换个别的项目吧。在和体育部详细协商过后，一项新举措随即出台——以后大家一起学跳健美操。

在一个女生众多的师范院校，你可以想象，那健美操的风格也是很“娘”的。

由于我暂任本班体育委员，所以要首先学会并负责教全班练习。当我学成归来，在同学面前做了一个飞的动作之后，大家笑得差点岔气，从此我拒绝学习健美操。其他各班情况也都好不到哪里去，男同志们几乎全都拒绝学习，结果健美操计划没能推广开来。但健美操计划的失败并没有能够阻止系办的奇思妙想，于是有了第三项充满传统文化气息的政策——学习太极拳。

其实正宗的陈氏太极动作刚柔并济，观赏性强，学习一下还是挺不错的。但因为难度较大，所以学校大力推广的是简化后的二十四式杨氏太极，通俗地解释，就是公园中晨练的大爷大妈们为之倾情代言的那套。

不过你还别说，起初大家学得很认真，女生们觉得新鲜，学得更是起劲。很快整个中文系都学会了，并且在每人必须订一套的“自愿”原则基础上，定制了太极服。以后上操时间的活动就是配合舒缓的音乐打两遍太极拳，舒经活络，内省修身。

系办以为这次形势总算一片大好了，谁知还是好景不长。开始几周大家打得不错，到了后来就各具特点，创意无限了。

二哥和小郭在打拳时口中经常念念有词，二哥念的是道可道，非常道，一生二，二生三，三生万物；小郭叨咕的是什么太极生两仪，两仪生四象，四象生八卦。再配合两人一脸超然，或者说是茫然的表情，很有种飘飘乎遗世独立羽化而成仙的味道。中文系八怪之一的瓢哥（注：瓢哥本不姓瓢，乃姓卜，作为姓氏，读音很拗口，于是读错的人多了，也便成了瓢），打拳时神情木然，眼神空洞，动作一律直来直往，坚决不肯折腰。

最有创新精神的则是中文系的姑娘们。

二十四式太极拳前几招的动作要领是双手呈抱球状，然后上下分开，以腰带臂，先向左推出，再向右推出。为方便她们记忆，我在教她们时曾把这几招的名字串成口诀：“起式身轻好像飞，白鹤晾翅揽雀尾。”当时领会得挺好的，可如今就变成了：“一个大西瓜呀，一刀切开它，一半送给你来一半送给她。”居然还念得有调有韵的，令人哭笑不得。

从远处看，满操场的人手上缓缓动作，口中念念有词，神情与世无争，据说系主任来巡查时差点以为自己到了敬老院。

这哪里是大学生应有的精神状态，大学生要朝气蓬勃嘛！

于是没过几天，系里发布通知，取消太极拳，出操变成自由活动，鼓励跑步，鼓励晨读，但不提倡无所事事。

早操风云就这样结束了，是个我喜欢的结局。

我喜欢的自由活动是沿着小路逛校园。一边听着音乐，一边优哉游哉地信步游走。最喜欢听罗百吉的那首《游游荡荡》，真是个切合此情此景的好歌名啊，“整天不晓得做什么，老妈让我去跳楼去”，听到这一句就莫名地十分开心。

偶尔也背背熟悉的诗词，大声吟诵，摇头晃脑，旁若无人，被其他同学奇怪地看着时，则摆出一副“世人笑我太疯癫，我笑世人看不穿”的自得神情。

尽管路已经走了许多次，每一处的景物都很熟悉，可每一次，依然会遇见不同的人和事。

许多人在景色优雅的人工湖旁边读英语，那些旁若无人地大声练习发音，表情也很夸张的同学想必是李阳的信徒。

当然也少不得一两位音乐系的才子在咿咿啊啊地吊嗓子。

不远处的石桌旁，一个女孩戴着大大的耳麦，双手抱着膝盖，眼神专注地投向湖水，不知在想些什么，是在回味自己很久没有关注的心情？是在享受淡淡微风拂过脸颊的感觉？还是被一首柔美的歌曲浸入了思绪……

安静的早晨，明媚的阳光。

这些每天发生在各个角落中的事情犹如一个个晶莹的细节，编织成鲜活的校园生活故事篇章。

让我，就这样，游游荡荡，等待着某个细节从角落里逸出，并恰好追赶上我有一点慵懒的脚步。

赛棋记

静，很静，静得可以听见呼吸的声音。

亮，很亮，亮得可以看见空中的灰尘。

中文系食堂。

由棋类协会主办，中文系协办的第二届棋王杯五子棋大赛的四强晋级赛，即将拉开帷幕。

食堂中央并排摆着四张桌子，四盒棋子静静地放在上面，在灯光的照射下，闪耀出吞吐不定的光芒。

不远处一人，眉分八彩，目若朗星，负手闲立，一派高手风范，正是二哥。

他的对手，正是此次大赛的黑马、绰号“更黑的黑”的高峻。据说此人出身数学系，擅长心算，思维缜密。他的绰号，源自江湖中一段著名的典故。Long long ago，国际象棋大师卡斯帕罗夫与电脑深蓝进行人机大战，深蓝惋惜落败，不久后，IBM公司励精图治，推出升级版电脑“更深的蓝”，终于一雪前耻，轻松击败卡斯帕罗夫。而高峻，则自此更名为“更黑的黑”。在大赛其间，他横扫所有对手，一路晋级竟无一败。

我们218寝室全体成员亦都已来到，为二哥助阵。

我来到二哥身边，低声道："何如，可有必胜之策？"

二哥的嘴角露出一丝高深莫测的笑意："若不能胜，岂不有负你一番好意？"

在晋级八强的比赛时，二哥与我对阵，他不禁仰天长叹："造化弄人，可惜你我兄弟，竟要对敌沙场。"我倒是一副没事人的样子，苦战之后，二哥惜败，正待怅然离去，我忽道："此战只有你知我知，明日，就由你代我争雄四强，如何？"

"什么？"二哥虎躯一震，不可置信似的望着我。

本人则是淡淡一笑："功名于我如浮云。"

"埃，六啊，啥也不说了。"二哥虎目之中竟似含泪。

其实呢，我是看中那个奖品了，凡是进入八强的选手，都能得到一盒做工精美的五子棋作纪念，但如果杀进四强的话呢，这盒古朴雅致的五子棋可就没了。

主持人宣布比赛开始。

一股无形的杀气有如实质般蔓延开来，令众人皆感不安。

二哥冷冷地看着高峻，高峻忽道："赢？"

二哥："谁赢？"

高峻："我赢！"

二哥："真的你赢？"

"真的我赢。"

"你未必会赢。"

“哦？你又不是我，怎知我不会赢？”

“你亦不是我，怎知我不知你不会赢。”

“不错，我不是你，所以我不知你怎知我不会赢，而你不是我，自然也不知我怎知你不知我会赢。”

众人听得有点晕，我掐着手指说让我捋一捋啊。

高峻不愧是学数学的，这么绕来绕去居然还保持逻辑清楚。

而气氛，已紧张至极点。

那天两人到底下了多久就没人知道了，因为到后来比较困，我们就全走了。据坚持到底的观众说，那天两人下得是天昏地暗，日月无光，风起云涌，哈欠连天。而最后的结果是八强之中有两个人突然接到临时通知考试去，因此无法继续参赛，二哥和高峻都晋级了。

一周之后进行决赛，但二哥的斗志很明显并不怎么高，我问他怎么回事，二哥叹了口气说，那天的比赛可以晋级实属运气好，论实力，自己下不过高峻，一周后的决赛，只怕是没法取胜了。我听后闭口不言，却倒了一杯水，饮一口，负手倚窗作多历江湖风波恶，如今已是局外人之高手风范怅望状，二哥见状忙问：“难道你有办法胜他？”

我避而不答，却看似漫不经心一问：“你可知，首届棋王争霸赛中，我为何最后功败垂成？”

“听说是中了美人计……”

“去！”

我润了润嗓子，道：“那日，我一路斩将搴旗，所向披靡，战到最后，对手竟然是艺术系的一位女生，只见她生得面白如玉，齿白唇红，翩若惊鸿，宛若游龙。”

“行了，六啊，别糟蹋《洛神赋》了，说重点。”

“好吧，三局两胜的赛制，我二人各胜一局，第三局时按规则要猜先后手，但我堂堂男子汉岂能如此计较，所以我把先手让给了她。”

“果然好气魄，然后呢？”

“问得好，然后那一幕我至今记忆犹新，她美目盼兮，巧笑倩兮，朱唇轻吐，呵气如兰，对我说了一句话……”

寝室众人无不屏息凝神，到底是什么话呢？

“唉，可叹我资质有限，当日竟不能参透话中玄机，以至落败，遗恨至今。”

经过这般铺垫之后，二哥已经快把这句话当成神谕了，眼光无比虔诚地看着我，我却再度话锋一转：“那天我观棋直到最后，高峻的下法我已了然于胸，再加上今日，我已参透话中玄机，我要胜他，直如喝水饮茶耳！”

二哥大喜，忙道：“计将安出？”

我并不答话，拿起棋子，展开棋盘，啪啪啪啪在上面摆下一个阵型，寝室众人不见则矣，一见大惊，室长浩哥不禁动容道：

“莫非……”

“难道……”

“不错，正——是——雁——阵！”我掷地有声，一字一顿说道。

一人只听得眼前一黑，“啊”的一声昏了过去。相传此阵乃是集资本论思想、爱因斯坦文集、大学语文、后现代主义以及易经和先天八卦之精髓而成，变化无穷，奥妙无方，有神鬼莫测之能。

二哥激动地不能自已："我，我该如何谢你呢？"

"嗯，这个，你知道，这学期的现当代文学史作业都是抄书，很累人，我又比较懒，你如能帮我抄写的话，这阵法的种种变化我自当与你一一道尽。"

二哥心道我不过是和你客气一下，你怎么还当真了，不过话已至此，怎能收回，二哥当即一口答应下来。此后一周之中，二哥白天辛勤地抄写好像总也抄不完的文学史作业，晚上与我精研雁阵的诸般变化，有时我已睡去，二哥仍在潜心研习，不觉东方之既白，当我醒来看到二哥因彻夜未眠而发红的双眼中涌出无与伦比的强大斗志时，心中暗赞，孺子可教也。

光阴似箭，日月如梭，决赛已至。

我没有去观战，以示自己的绝对信任，在寝室和小郭玩了半天的游戏，输给他许多顿基本上不会兑现的饭局。

那天，夜，已深，人，未至。

不知过了多久，二哥终于回来，他一言不发，径直倒在床上，手中，一张奖状飘落地上，上面有两个苍劲的大字——棋王！

他，终于赢了，尽管赢得那么艰难，可终究还是赢了。没有人看见他是怎么赢的，可那一定是让人想想都不禁热血沸腾的。

月，今夕有月。

星，今夕有星。

人，人呢？

人在床上，睡得正香。

今晚，注定是个不平凡的夜晚。

第二天，我们买了一个西瓜祝贺二哥，二哥也来向我道谢，我嘻嘻一笑说：“二哥，不用谢我，其实我该谢谢你才对。”二哥不明白，我问：“你知道你为什么会赢？”

“不是因为那个雁阵吗？”

我顿了顿，说：“二哥，那个艺术系女生当日对我说的话就是，谢谢你让我，不过五子棋就是谁先走谁赢，所以你输定了，我当时并不相信。”

“不可能吧？”二哥也是一脸疑惑。

“可是你知道为什么在正式的国际比赛中，先行者要有禁手吗？”

“为什么？”

“因为在一张完全对称的棋盘上，如果规则没有错误，下棋的人没有失误的话，先行者总是会赢。这个可不是我说的，好像是一个叫纳什的数学家证明出来的，因此必须用规则来限定先走的人。业余玩五子棋的人下到一定程度时，就没什么区别了，基本就是谁先走谁就赢。所以那个女生说的完全没错。”

“那你让我体会了一个礼拜的什么阴阳变化，虚实相生，就是为了……”

我边往门口退边笑着说：“不得不承认，这学期的文学史作业实在是太多了点啊，而且二哥，其实说真的你还是挺聪明的，我不说得玄乎一点，怕忽悠不住你啊。”

演剧记

当我从图书馆回来遇到陈萱时，她正在湖边哭得一脸梨花带雨。

印象中，该女生大多时候都和落落大方这个词形影不离，很少见她烦恼，这倒是很符合她的名字，因为萱字就是忘忧草的意思嘛。

不过我可没时间趁此机会验证一下校园邂逅定理中非常重要的一条，即女生在哭泣时是最需要人安慰的理论的正确性有多少，我正忙着找系主任办理转系的事。

记性佳，语感好，模仿能力强。这是某位中文系教授对我的评价，听着怪舒服的，可我就是想转系，不再学中文。

上午在阶梯教室中讲课的教授们个个精神焕发，只是通常讲着讲着都会绕到《我的园地》中来，大谈特谈自己的历史。但区别就在于，比如人家琦君笔下的老师形象是，他站在高岗之上，就信口吟道："短发无多休落帽，长风不断任吹衣。"弟子们看着他的长衫，在风中飘飘荡荡，直觉得这位老师，有如神仙中人。看看，这是何等风采，跟着这样的人那才叫学习啊。而我们的老师则是，他站在讲台上，就信口说道："想当初，我……"然后便一路讲下去，我们看着他的西装革履，一丝不乱的头发，真真觉得这位老师，有如商界精英，您进错教室了吧？又或者，人家学校的教授一开口就是："搞文学革命的郭沫若在我们那儿教书那会儿，我就总喜欢和他对着干。"听着何等霸气，而我们的教授一开口，则是："我儿子现在在国外，当然，钱倒是小事，关键是教育……"

得，看小说吧。

据说马尔克斯看了卡夫卡的小说后惊呼，他妈的，原来小说还可以这么写。我觉得这个句子中的国骂是否真的存在很值得商榷，但然后他就鼓捣出了《百年孤独》却是事实，而且居然还获得了诺贝尔文学奖，这也太草率了吧。

同样的，据说钱钟书先生看了那位不会英文的著名翻译家林纾先生的小说，觉得不如原作过瘾，于是就三下五除二地学会了英文，可叹我学老外的语言十多年，还只停留在默片时代。

不过我倒也看出了一点东西，那就是，文学实在应该是一门最没有用的学科。

想想看，学数学的人至少可以在去菜市场买菜时列个方程组计算一下大白菜价格的上下浮动情况，并心算其结果彻底杜绝不良商贩的缺斤短两现象；学物理的同学可以在女友充满羡慕的一声"哇！你连这都会修"中把灯泡接上，可以想象，当光明重回的那一刻一定也是点亮女孩心扉的一刻；学化学的同学们则可以自己解决化妆品消费问题，若是有仇家的话就直接配点鹤顶红什么的，作案工具都全了。但文学能做什么呢？想来想去，只有一句话我认为最有用，那就是，

"百无一用是书生"。

所以我一定得转系。

不过我充满斗志匆匆前行的脚步却被陈萱的一句喝问所拉住：

"喂，You see me crying？"

"啊啊，啊？"我反应了一下，才想起该女生很有个性的一点就是在中文系里却把英文学到可以鄙视外语系的程度，而且准备报考外国语学院的研究生。那么，难不成这厮长得清秀却要杀人灭口？

"那你该怎么办？"

"这个……"我的脑中立刻闪过许多经典画面：《笑傲江湖》中的虾兵蟹将们一见到任盈盈与令狐冲在一起，立刻自毁双目以证清白；传奇故事中的女主们通常都以黑纱蒙面，一旦被人看到容貌无论对方是人是鬼都必以身相许。

"你难道不该问我为什么哭吗？"

我长出一口气，不免又有点失望，果然小说什么的都是骗人的，我就说文学无用嘛。

她哭是因为剧本被毙掉了。

我这才想起来最近系里正在举办大型话剧活动。要知道文艺部是个很空闲的部门，空闲到经常开会讨论减少不必要的会议这样的主题，这使得文艺部长很郁闷，决心开展一次大规模活动，于是就有了戏剧表演大赛，每个班要出两个戏剧。而且似乎我们班出的是原创剧，剧本好像就出自我的手笔，等等，难道我真的有写过这种叫作剧本的东西吗？应该记不得了，算了，先不管这些。

“嗨，我还以为多大的事情呢？”

本打算随便劝两句就完的，但一说起来就没停住，一股脑把我的文学无用论全部讲给她听了。在我慷慨陈词的过程中，陈萱一言不发，只是扑闪着大眼睛貌似不屑地就那么看着我，直到我说完，她才“嗯”了这么一声。

“所以说，我不打算学文学了。”

“嗯。”

“你得承认，文学是最没用处的。”

“嗯。”

“我更喜欢艺术，绘画音乐舞蹈我都喜欢，学艺术的人最有个性，艺术系的女孩子最迷人，艺术的回报最高。”

“嗯。”

我站起来准备走，陈萱却冷冷地抛过来一句：“You don't know anything。”接着又把一张A4纸丢给我，“刚才我去系办了解原因，人家给了我这个，我看了下，这样的剧本不被毙掉才怪。”我接过来看了看，啊，果然是我写的。

“好在终审还没结束，我们班还有机会。至于你，必须给我戴罪立功！”

就这样，我成了戏剧导演助理，浅显一点表述就是跑腿的。

顺带说一下，我的原创剧本故事大纲是这样的：

在很久很久以前，人间有个平凡的男孩子叫董永，是在苦水里泡大的。某天，就在他抱怨自己的命运时，天上有个好心的仙女看到了，就下凡来帮助他。谁知他竟然爱上了仙子不想让仙子离开，偷走了仙子的霓裳羽衣，让她无法飞回天上，仙女没办法，就托梦给唐玄宗，后来唐玄宗谱写出《霓裳羽衣曲》就是因为这个缘故，不过这个皇帝只顾玩音乐，根本没搭理仙女。仙女一怒，就策划了安史之乱，没想到反而成就了一段旷世绝恋，于是有了后来的《长恨歌》。

但仙女自己的问题还没有解决，她只好求助无所不能的FBI，FBI勒令董永交出衣服，仙女飞回了天空。但董永不死心，天天对着天空大叫，王母娘娘愤怒了，质问他一个凡人和天有什么关系。他找来本家董仲舒，董仲舒就写下《天人三策》交给王母，王母无言以对，遂无赖到底，死活不交人。董永只好去请本姓名人董卓，董卓派出手下第一打手吕布，坐着阿波罗宇宙飞船来到天空，大展神威，打败各路神仙，抢走仙女。哪知仙女见吕布神勇，就爱上了他，要和他一起走。关键时刻，飞船没汽油了，怎么办？恰巧外星人路过，他们就乘坐着UFO回到了人间，仙子改名叫貂蝉，从此两个人幸福地生活在了一起。

这是一部错乱时空、架构宏大的浪漫主义戏剧作品，为什么会被毙掉呢？我不能够明白。

不过我没时间疑惑，现在首要的事情是找人写个能够通过审核的好剧本。找谁呢？我想到班中一个文笔十分流畅性格十分爽快的女孩，于是有了如下一段对话：

“这里有一些来自我家乡的水果，请尝尝鲜。”

“无事献殷勤，非奸即盗。”

“好眼力！”

“找我何事？”

“求剧本一部。”

“不干。”

“一顿必胜客。”

“你这么说我很为难。”

“两顿。”

“成交！”

看吧，果然是个爽快干脆的女生。

此女子写文效率极高，下午我们便拿到了样稿。剧本共有三部分，每一部分都是一个独立的爱情故事，依托经典人物，至尊宝与紫霞，陆游和唐婉，项羽和虞姬。曾经的黄沙漫漫，如今的沈园，历史上的乌江，几度沧海桑田，其实都只是同一个地方（当然，实际并不是）。每一个故事讲述的主题都是离别，这离别的忧伤击穿了时间，弥漫在每一个人心中。

意识流写法，果然专业手笔。

面包有了，还需牛奶。正如你有了油条就必须要有豆浆，这也是剧本和演员的关系。

演员队伍是这样拼凑起来的。

中文系中帅哥不多，但佳人如云。性格孤傲颇有才气的肖凌来演第一个故事中的唐婉那真真是极好的。并且我发现汉字的神奇之处就在于你可以无视其顺序，比如肖凌这个名字倒过来就是凌肖，凌霄花。

至于第二个故事中的至尊宝由小郭出演则是源自他追汽车的一段典故。那次小郭边一个劲地追汽车边口中高喊着“师傅——师傅——”声音余韵悠长，特有感觉。司机停了车，待他上来，便正色对小郭道：“悟空啊，你不是一直在前面吗，什么时候落到后边去了？”

本以为我的任务就到此结束了，但事实是……

“你要演其中一个角色。”陈萱一本正经地指着剧本说。

“是陆游吗？”

“我呸，你也配。”

“那是？”

“第三个故事，你演项羽。”

我寻思着我哪里长得有点像项羽呢，但一出口却变成了：“为什么？”

“因为你讨厌文学，所以要向司马迁先生谢罪。”

这逻辑可真好。

“如果我说不……”

“你看我是和你商量的样子吗？”陈萱柳眉一竖。

就这样，我又成了项羽，可这也就算了，你倒给我找个虞姬啊，我一人领两个群众演员演霸王别姬这是要闹哪样啊！

周日下午两点一刻，若是此时你不小心走进了学术厅戏剧彩排现场，你会觉得自己走进了时空隧道。

哈姆雷特在这里继续和依旧整不明白的生与死的问题死磕着：“生存还是毁灭，这是一个值得考虑的问题；是默然忍受命运暴虐的毒箭，还是挺身反抗人世间无涯的苦难，这两种行为，哪一种更高贵？”

不过已经不需要他费神了，那边身着长衫已进入半疯癫状态的屈原帮他做出了选择：“但是我，我没有眼泪。宇宙，宇宙也没有眼泪呀！眼泪有什么用啊？我们只有雷霆，只有闪电，只有风暴，我们没有拖泥带水的雨！这是我的意志，宇宙的意志。鼓动吧，风！咆哮吧，雷！闪耀吧，电！把一切沉睡在黑暗怀里的东西，毁灭，毁灭，毁灭呀！”

屈原慷慨激昂的呼号声中不时乱入一段罗密欧的爱情表白：“朱丽叶，凭着这一轮皎洁的月亮，它的银光涂染着这些果树的梢端，我发誓——”

“啊！不要指着月亮起誓，它是变化无常的，每个月都有盈亏圆缺；你要是指着它起誓，也许你的爱情也会像它一样无常。”

“那么我指着什么起誓呢？”

还没等亲爱的罗密欧回答，哈姆雷特给出了答案：“爱不过起于一时感情的冲动，经验告诉我，经过了相当时间，它会逐渐冷淡下去的。”

“喂，那边的，小声点，你把我们这儿弄串词了。”

“关我们什么事？”

“我跟你说，你奶奶也不是你亲……”

“哎，怎么骂人呢你，你奶奶的！”

“我念台词呢，谁骂你了？”

真是热闹。

“曾经，有一份真挚的爱情摆在我的面前……”小郭一往情深地看着已经很不好意思了的紫霞，口中念念有词。

至尊宝附身了。

由二哥领导的二班正在排练向经典致敬的文艺青年版《沙家浜》。只见二哥一身绿军装，胸前红星闪闪，腰板儿站得倍儿直。

“二哥。”

“Stop！小六，请称呼我为同志。”

都疯了。

经过如此折腾的彩排过后，结果用二哥的评论来形容就是，如果正式演出那天大家超水平发挥，那么结果将会很无聊，足见我们演得有多糟糕。

肖凌抱歉似的对陈萱说，我们连自己都感动不了。

“这不奇怪，故事本来就是虚构的，并不真实。”我总结道，“我不是项羽，别指望我能怎么样。”

“不，站在舞台上的这一刻，你就是他。”陈萱看着我。

“我找不到感觉。”小郭很沮丧。

“你听一首歌。”陈萱的手指单纯、年轻、修长，连接音响的简单动作都让人觉得很有表现力。

旋律如同一个优美的句子就那么自自然然地被叙述出来：

齐天大圣被压在五指山的那一年
我转世成为了凌霄宝殿的神仙
如来佛祖一句话让他被压五百年
玉帝派我在天上看守他五百天
天上一天 地下一年
我整整陪伴他一年零四个月
等待太长 人生苦短
看过了沧海变成桑田好几遍
如今齐天大圣也戴上了紧箍圈
他安慰自己说这也是一种修炼
历尽九九八十一难终于到了西天
历经万险原来是为了仇人相见
五百年后 青春不在
得到了真经却失去了一切
江山易变 情字难改
我还是想念花果山的一帘洞天
……. ….

它真好听。

我读过《西游记》，也读过读了三次也读不进去的《红楼梦》，想要放弃，但教授说中文系的学生连四大名著都没读全实在说不过去，于是只好再读。

可这首简单的歌却比一整部《西游记》更能打动我。我甚至觉得，世界上既然有这么简单动人的声音，那还要那些艰涩难懂的大部头做什么呢？

小郭把剧本一扔，大喝一声，就冲出去了，估计是来感觉找金箍棒去了。

“这首歌的名字是？”我问陈萱。

“《凡间》。”她看着我，“你感动了。”

“是有点，可孙悟空的形象是虚构的，他并不真实。”

“但你的感动是真的。”

“虚假的东西却带来真实的感动，这算什么？”

“你一直不明白的，文学的意义。”

“是什么？”

“慢慢走，欣赏啊。”

我得承认，这句话很值得玩味。

“这，是你说的？”

“不，是朱光潜先生说的。”

“你可真够惹人厌的。”

她笑起来。

“你笑什么？”

“谢谢你夸我。”

“我说你讨厌。”

“你说我可爱。”

“你说话没逻辑。”

“我没说看上你。”

“没有虞姬，我不演了。”

“他的帝王之路无人可阻可他偏要让阿房宫的冲天火光照亮东归的路，他面对溃败的敌人却坚守军人的高贵原则被后人耻笑也毫不在乎，他收剑入鞘鸿门宴只因不愿用阴谋杀死对手，他自刎乌江才不是无颜见江东父老只是不愿低下高贵的头颅，他是我心中永远的霸王。”真佩服陈萱一口气可以说得这么长而且居然还没忘押韵。

“你说话像念诗。”

“他的一生，就是一首诗。”

“可我还是觉得你很讨厌。”

“你能演好霸王吗？”

“我试试看吧。”

结束彩排后，直奔图书馆，搜出朱光潜，一通狂看，直到闭馆，其间不吃饭不喝水，我也快疯了。

“人可以分为两种，一种是情趣丰富的，对于许多事物都觉得有趣味，而且到处寻求享受这种趣味。一种是情趣枯竭的，对于许多事物都觉得没有趣味，也不去寻求趣味，只终日拼命和蝇蛆在一块争温饱……

你是否知道生活，就看你对于许多事物能否欣赏……在欣赏时，人和神仙一样自由，一样有福……

阿尔卑斯山谷中有一条大汽车路，两旁景物极美，路上插着一个标语劝告游人说：‘慢慢走，欣赏啊！’许多人在这车如流水马如龙的世界过活，恰如在阿尔卑斯山谷中乘汽车兜风，匆匆忙忙地急驰而过，无暇回首流连风景，于是这丰富华丽的世界便成为一个了无生趣的囚牢。这是一件多么可惋惜的事啊！

……朋友，在告别之前，我采用阿尔卑斯山路上的标语，在中国人告别习用语之下加上三个字奉赠：慢慢走，欣赏啊！”

写得真好。

正式演出于周六在大礼堂举行，在我们的原创剧上演之前，观众们的情绪已经被《雷雨》《屈原》《北京人》等一众经典剧目攻略得七零八落了。

我看我们是没什么得奖的希望了。

“报——”拖着长长的声音，人没到，声先至，这历来是龙套的经典出场方式。

“大王，韩信已经率兵包围了我们。”

“我带人杀出去！”

“不行啊大王，敌众我寡。”

“走开，顺我者生，阻我者死！”我声嘶力竭的表情居然换来的是他们愉快的笑声与掌声，这帮没良心的。

饰演龙套的同学极具专业精神，扑倒在地，抱住我的腿任由我拖行也绝不放手，面对如此入戏又有敬业精神的他我只好忍住想要踹他两脚以便更好表现人物的冲动。

撕扯中，“大王你听……”

背景音乐响起，一道质朴粗犷的旋律在苍莽群山中穿行，一句古老的歌谣反复吟唱，一阵苍凉，凄神寒骨。是楚歌。

四面楚歌。

我从未像此时这般体会到这个成语，一股苍凉在我胸中蔓延开来，如荒烟野蔓，荆棘纵横，不可抑止。

千百年前的垓下，项羽真的也是这样的心境吗？

英雄失路，红颜玉殒。

可那又怎么样，你的哀伤对我又有什么意义？

你痛，你哭，你歌，你笑，和我有什么关系？

然而真的就没有关系吗？

如果不是戏剧，如果没有文学，我将永远都只是我自己，一个局限在平凡生活中的自己。我将不会知道原来世界还有如此不同的人生，如此深挚的情感体验与灿烂的生命，原来世界是那样的丰富多彩。这感情不是我的，但它丰富了我，它又是我的。

哦，陈萱，朱光潜先生，慢慢走，欣赏啊！

“力拔山兮气盖世，时不利兮骓不逝。骓不逝兮可奈何！虞兮虞兮奈若何。”

“有美人名虞，常幸从；骏马名骓，常骑之。于是项王乃悲歌慷慨，自为诗曰……歌数阕，美人和之。项王泣数行下，左右皆泣，莫能仰视。”

太史公的笔，如利刃，字字苍凉，一笔一笔刻出霸王的悲慨与无奈。

我不是你，永远也不可能成为你，但舞台上这一刻，我却可以触摸到你。

残阳如血，乌江水寒，目睹了这一切的象形文字将那份寒冷凄美连同你的高傲悲愤全部凝注在古老的曲折点划之中，直到太史公发现了这惊心动魄的秘密，用文字再现了你的高贵。自刎后的你，原来并没有死去，永不屈服的灵魂一直隐藏在一篇本纪之中，穿过风尘流传千年，等待着与人相遇。唯有文学才是那把打开宝藏的钥匙，而窥见了这笔巨大精神财富的我，将会变得怎样?

以后的我，会和许多人一样步入平凡琐屑的生活，会被妻子的抱怨、孩子的哭闹、工作中的无奈等磨去灵性与棱角。但无论变得如何庸俗，如何市侩，我都不会忘记有这样一个时刻，我曾站在舞台上，你的高贵与不屈停留在我身上的这样一个时刻，它们会在我体内留下勇气的种子，成为我对抗麻木堕落的力量。

我会继续学习文学，会永远记得这句话：慢慢走，欣赏啊！

如今早已工作的我，在穿过走廊去教室上课时，常常要经过一个班级，会听到“上课、起立”，随后是学生们整整齐齐的声音：“我爱语文！”

我把目光投向远处，一种清新健全、充满活力的阳光笼罩着操场和教学楼。看着清净如玉的天空，伸手去感觉大自然的气流，我也想说，我爱文学。

踢球记

“校园很大很大，到处都是草坪和绿树，有白发的先生和漂亮的女生。我走啊走，不小心就迷了路。然后看见角落里坐着一个忧郁的校园歌手，旁若无人地弹着吉他，留着长长的头发，和木村拓哉一样帅气。我过去问他，喂，同学，文学院怎么走啊，他抬起头，我们的目光相遇，于是开始了一段美丽的邂逅，多浪漫啊！”

以上略显花痴的描述出自丁冬。她的名言还有一句：“大学里我要放肆地谈恋爱，痛快地看小说，谁都不能管我！”因为代表了大部分女孩的心声而广为流传。

该女生本叫丁冬，但这个名字被中文系的我们通假成了“叮咚”。她倒也真没辜负这个名字，手机所使用的彩铃声是《泉水叮咚》，短信声是“叮咚”，寝室里的闹钟声还是“叮咚”，而且她说话声音清脆悦耳，真有几分银铃的味道，因此理所当然嘛。此外，二哥亦称她为移动门铃，不过这个叫法因为缺少群众基础，所以没有推广开来。

“校园里得有几个白头发老头，穿得破破烂烂，看着像我家对面楼里的大爷，然后等一上课，我靠，是大名鼎鼎的老教授。感觉像武侠小说里深藏不露的高手，多有意思，谢谢哦。”

以上略显脱线的描述出自二哥。

“谢谢哦”是二哥的口头禅，只有二哥才能说出那种独特的语气，我们都学不来。

面对活力无限的新生们，各种元老社团、新生社团纷纷组织活动，招纳新人、举办迎新晚会，忙得不亦乐乎。我们最想参加的其实是交谊舞协会，因为佳丽众多，可谁也不好意思先报名。后来我加入了书画协会和棋类协会，室友小郭作为运动男儿选择了球类协会，而二哥则一口气加入了三分之一的协会，大有一统江湖之势。

招新要收取一定的活动经费，然后会举办活动，以示经费是取之于民，用之于民的。最先举办活动的是体育部的球类协会，在各大社团中要数球类协会最生猛，这次为了释放活跃在体内的雄性激素，决定率先举办一次大型联赛。

但是举行篮球联赛呢还是足球联赛？这可是一个哈姆雷特式的问题。

体育部内部一向分为篮球部和足球部两派，玩篮球的看不起踢足球的，那么多人跑来跑去都弄不进一个球；踢足球的就更不明白打篮球的，那么多人乐此不疲地把球往一个筐子里扔到底有什么意思。两方人马各以正统自居，争执不下，干脆在中文系发起足篮论坛，双方互派代表在新生面前争取支持。

篮球部的代表是二哥，二哥是中文系难得的几个帅哥之一。中文系男生大多长得如歪瓜裂枣，于是二哥倍显珍贵，因此一上台，还没说话，小女生们先纷纷喔个不停，二哥再顺势抛个媚眼什么的，轻松搞定，篮球部支持率大增。

足球部见势头不对，使出了古今谋略中无往不利的美人计，目标锁定篮球队中的瓢哥。瓢哥其实人本是很好的，很热心帮助同学，只不过有点奇怪，行事往往出人意表。大学里大凡每个班都有那么几个怪人，而瓢哥简直可以称为中文系的“扬州八怪”之首，故至今犹唱单身情歌。这次竟然有美女主动与他亲近，兴奋得忘乎所以，三天之后就不知道篮球什么样子了。

更为要命的是，此女心思可比貂蝉，见火候差不多了，在一个夕阳西下的傍晚漫步时，该女生对着瓢哥含情脉脉地说，男生踢足球的样子好帅哦，像贝克汉姆一样。瓢哥听后义无反顾地背叛了革命，加入足球部。

足篮两部都感到了与人斗其乐无穷的乐趣。

篮球部遂将战术升级，派出卧底，谁知足球部居然也派出了卧底，于是双方开始上演无间道。但不幸的是，足球部的卧底竟在执行任务过程中发现了篮球的乐趣，结果一去不复还了。双方各自损失一员大将，这一回合打平。

正当双方愈演愈烈，而唯恐天下不乱的我等看客们越加期待时，系主任怕两派之争发展成斧头帮与小刀会之江湖大战，于是强令停止并发布公告，只能举行足球联赛，但在统一战线思想指导下，篮球部可以以外援身份加入足球队，并占有三分之一的名额。不禁让同学们大大佩服系主任的政治水平，居然可以把国共合作的办法用到这里来，活学活用，与时俱进啊。

联赛内容定下来了，接下来是组织球队。

中文系会踢球的不多，勉强可以凑上一队，加上投诚过来的瓢哥守门，还是差一个人。丁冬把帽子一戴，脆生生地说道，我来顶。大家都笑了，这个可不行，查出来是要取消资格的，况且丁冬怎么看都不像女汉子，被查出来那简直是一定的。那么找谁呢？最后把一直站在旁边看热闹的我拉了进来。我虽然长得人高马大，但却对球类运动全无热情，更不会玩，不过用小郭的话说，至少可以站着吓吓人。

球队定下来了，正所谓群龙不可无首，接下来是选队长。刚才本来很和谐的气氛转眼间变得鸡犬不宁，谁也不服谁，都要当队长，篮球部的人更把这上升到路线问题的高度。争到后来，由于我视力太差之故只能当摆设，又保持中立态度不隶属任何一方，并熟读兵书战策，竟被选为队长，真是出乎意料，出乎意料。

上任之后，第一要务要让中文系球队扬名立万，于是我奋笔疾书，拟下战表一张，发至其他各系手中。

表曰：

中文足球，纵横赛场。

倚剑天外，挂弓扶桑。

无人争锋，寂寞惆怅。

邀君一战，把我名扬。

大家看过纷纷称赞，本来准备在联赛前随便先和哪个系单挑一场也就是了，谁知各系收到后反响巨大，十分愤慨我系的目中无人，遂策划组织联队要灭中文系。

作为队长的我很无奈，问怎么办。好在球员们是事越大越兴奋，二哥摆出一副领导的样子对我说："这个，首先，我要批评你，小六啊，你事前估计不足，搞得我们很被动，嗯，很被动。但是，我们要做好打大仗，打硬仗的准备。"开始的这几句还蛮像领导样子，但二哥越说越兴奋，下面就什么都出来了："靠，怕啥啊，哥儿几个跟他们杠上了……"正要继续发挥下去，被人把嘴堵上了。

比赛前，我找到丁冬，问她中文系什么最多，丁冬一时没明白过来，我就告诉她，女生啊，这可是中文系最好的资源，有女生在旁边观看和加油，男生能超水平发挥。我让丁冬动员中文系的全体女生来加油，丁冬人缘很好，可以带来不少女生，但那些不肯来的怎么办呢？授意如下：胆小者，威胁之；胆大者，激励之；爱吃者，诱惑之。总之来的越多越好。

周六晚上，筹备已久的比赛终于在体育场正式拉开帷幕。

观众已经先到场了，阵容颇为壮大。另外仔细观察啦啦队手中拿来用于加油呐喊的东西就会发现，化学系是瓶瓶罐罐多，体育系是刀枪棍棒多，音乐系是鼓号吉他多，而中文系，诚如我所言，女生多。丁冬不负厚望，几乎拉来了半个系的女生助阵。

闲言少叙，书归正传。

哨响开球，比赛开始。

我方二哥率先带球向对方球门冲去。二哥本就又高又瘦，再穿上宽大的队服，跑起来很有点弱柳扶风之态，一步三晃，带球更是腿走龙蛇，左顾右盼，时常可以成功晃过对方防守队员。快到禁区时，对方一下冲过三个人来拦截，二哥赶快把球传给小郭。小郭是中文系的主力前锋，与二哥正相反，此子风格一向是带球一路狂奔，尘土飞扬，大有阻我者死之势，对方队员大多不敢直取其锋，纷纷避让，眼看小郭已经和对方门将成单刀之势，场外观众大喊：“射门！射门！”

校园广播电台的解说也很紧张：“啊，只见中文系一前锋如流星赶月般孤身一人杀入重围，其潇洒的姿态不禁让我想起三国时期的赵云赵子龙在长坂坡的七进七出，哎，他怎么也出来了？他在找什么呢？他在找什么呢？”

突然见小郭一个急停，四下寻找，原来刚才跑得太快，跑到球前边去了。

球被对方一名队员截住带到脚下，只见他一脚踩球，一边伸出一个手指，意思是要拿下一球。场上立刻音乐声大作，音乐系那边锣鼓齐鸣为他加油。广播站的解说向人们介绍，此人球艺精湛，因为崇拜贝克汉姆，又因为他的名字中有一个“明”字，所以人称“贝克汉明”。

小郭问二哥，音乐系那边吹的什么曲子，二哥想了想说，《大刀向鬼子们的头上砍去》。

小郭：“靠，反了他们了。”

我很无语，吹的明明是《我们的队伍向太阳》嘛。

音乐系的人更无语，他们演奏的是《动起来》。

“贝克汉明”的技术确实厉害，三晃两晃就到了我方门前，一个假动作躲过后卫，一记推射，球应声入网。在观众们的欢呼声中，他跑到音乐系的一个女生面前大声说，这一球是送给你的！周围的女生立刻尖叫成一片。然后跑回场内，双手抱肩，挑战似的看着中文系。

于是场上拼抢愈发激烈，在上半场结束前，小郭终于艰难地攻进一球，扳成平局。

下半场一开始拼抢之势更为猛烈，对方想要在气势上压倒我们，连守门员都冲出来了，狂得比尼采还尼采。中文系当然不能示弱，后卫换上素有“拼命三郎”之称的马壮。说起马壮，全身骨骼奇硬无比，对方皆视其守卫的地方为蜀道，往往一边高吟《蜀道难》，一边绕路而行。

“贝克汉明”的几次进攻都被挡了下来。

联队队员围成一圈，大喝一声，气势如虹，誓要锁定胜局。

对方前锋抱定必死之心，一脸悲壮地冲了过来，接着是意料之中的一声怪叫，不过意料之外的是球竟然并没有被马壮断下，而是传到“贝克汉明”的脚下，一路向我方禁区冲来，杀到门前。

这个时候，方显示出我方门将瓢哥的与众不同之处，只见他脚下步伐移动，身形飘忽，暗和九宫八卦之形，手臂则上下翻飞，隐隐有太极之风，口中还不时发出李小龙打架时的特有叫声，那意思是说，你别小看我门将，小心我让你有去无回。每当舞到精妙之处，场外观众哄然喝彩。这一来倒真把“贝克汉明”给镇住了。在他愣神的时候，二哥突施抢断，一下抢走球大力开出，传给前场的小郭。

比赛时间所剩不多，胜负就在此一举。

丁冬在场外指挥中文系女生：“一二三，喊！”

全体女生一起高喊：“小郭，我爱你！”

场面蔚为壮观。

这句话杀伤力之大，远远超过兴奋剂，小郭幸福得差点晕过去，速度提升至无穷大。对方还来不及反应时，小郭已带球一路狂奔到门前。对方一见不好，蜂拥而至，门前尘土飞扬，一片混乱。

混乱中传出小郭的叫声：“往哪踢呢？往哪踢呢？”

我大声提醒：“往门里踢！”

小郭大悟，一记劲射，球进了。

大家兴奋地抱在一起，丁冬跑过来迅速地拥抱了二哥一下，立刻就被人群挤到旁边去了。

比赛结束，我们赢了。

后来，中文系几经悲喜，终究还是在正式的联赛中被淘汰出局。

我不知道自己以后还会不会再有参加比赛的机会，但这样的比赛，应该再也不会有了，就如《故乡》中的鲁迅先生所怀念的那夜的罗汉豆，他说自己以后再也未曾吃到过。

卷二 指尖花凉

公主的发卡

一、最初的自己

坐在熟悉的咖啡厅边喝下午茶，边享受午后的温暖阳光，是惠心荷最喜欢这座城市的时候。

服务员的转身离开使被遮住的视线又恢复了正常，她看见从门口走进一对少年男女，男孩的神情显得有些拘谨，女孩则又好奇又羞涩地跟在他的后面，目光芬芳。

他们应该是一对少年情侣，他们一定是第一次来这样高消费的地方，惠心荷想。她熟练地用银质汤匙搅拌拥有丝滑质感的咖啡，看热气氤氲，透过冉冉升起的白色气雾，那个少年的侧影变得似曾相识。

手机铃声响起，她按下接听键，“亲爱的，对不起，我今天有酒会应酬，晚上你自己安排吧。”声音低沉平稳，没有任何波澜，听不出说话人的情感，然后便是挂断的声音，她也都习惯了。

她将目光转向窗外，此刻已是初冬，路旁高大的白杨树叶子渐渐稀疏，景色那般熟悉，仿佛又回到了大学中。她想喝一口热热的咖啡，把思绪拉回，脑海中却不经意间浮现起一个少年的身影，让她涌起淡淡的惆怅。

那是小郭的身影。

二、在湖边

我发现小郭最近变得有些神秘，说不定什么时候手机就突然响一下，然后他就立刻风风火火地跑出去。作为起床困难户的他从来都没有晨读的习惯，如今却每天早早跑到学校静湖边摇头晃脑读英语，英语没疯狂，人倒有点疯狂。

把以上两点作为充分不必要条件来理解，就可以推论出小郭已心有所属，并正在展开行动。

我们很激动。

是的，你没看错，是我们很激动。

不得不说男生有时也挺八卦的，对这类事情感兴趣的程度不亚于美国总统大选。在群殴的威胁与帮忙的利诱下，小郭交代了。

缘分的源头可以追溯到晨读。

操场附近有一个人工湖，并不大，叫静湖，湖边植有几株垂柳，花木扶疏，很是雅致。早上常常有许多人来这里读英语，偶尔也会有一两位音乐系的才子佳人在咿咿啊啊地练嗓子。不知从什么时候开始，小郭发现不远处的石桌旁，有一个女孩经常坐在这里。她先到操场跑一圈，然后回来听英语，头发随意扎成一束马尾，带着大大的耳麦，双手抱着膝盖，眼神专注地投向湖水，寂寂落落的样子。

如果下次再见到她，一定要和她打个招呼，小郭想。

不过呢，当下次到来时又会被小郭以各种理由推走，以至于下次也生气了，很久都不来和小郭相会。

今天那个女孩依然没来，小郭收拾起书本，该吃早饭了。

湖面上水波荡漾，微风拂过。

后来小郭又发现这个女孩特别喜欢在图书馆靠窗的位子上网，如果那个位置已经有了人，她就宁可不去。小郭觉得她的这点儿倔强都显得特别可爱，而他下面的行动就不知该形容为可恨还是可敬了。小郭跑到图书馆借来一堆《教你如何成为超级黑客》《黑客高手面对面》《玩转你的电脑》等诸如此类的书籍，潜心钻研之后，成功地在目标电脑上种下盗号木马。

但意料之外的是几天后打开邮箱，竟然发现偷了一堆的号码回来，失策失策。小郭气恼之余把牙一咬，心一横，抱着去空间、看相片、若有缘、能相见的坚定心理，不辞辛苦一一排除，最后皇天不负有心人，终于找到了她的号码。小郭那一刻在心中把微软腾讯马化腾移动联通神州行统统感谢了一遍，然后迅速加入手机绑定业务，此后只要对方QQ一上线，他的手机就会提示，然后小郭就跑去上网和她聊天。

对于这种高科技追女孩的手段我表示24K纯敬意。

然后我告诉他，这个女孩的名字叫惠心荷，是一个十分好听的名字，蕙质兰心，又清秀如荷，更难得的是她人也如其名，身形苗条，容貌清秀，个子不算高。

上早操时不爱去前排，喜欢待在后排发呆。

小郭很惊讶我竟然知道她的名字，我告诉他，在迎新晚会中我们一起彩排过节目。

“惠心荷。”小郭叨念着这个名字，有点出神。

接下来表白的问题被迅速提到议事日程上。有人对这事很有经验，告诉小郭：“你那都是白费，就直接来，走到她面前一拍她肩膀说，妞，我一无所有，你何时跟我走！”小郭思考了一会儿之后认定该行为具有流氓性质而不予采纳。也有人主张继承传统传纸条，立刻有深知其弊者曰不行，想当年他传纸条给一女生，该女生传纸条给老师，于是他就又传了份检讨给老师。

小郭综合了各方面意见之后，决定在惠心荷生日的时候，送她一件隽永别致的礼物。

三、不属于这个城市

惠心荷对北方最初的印象来自于萧红的《呼兰河传》，她无法忘记那些充满作者独特主观感觉的描述。如今当她漫步在这座向往已久的城市中时，最为强烈的印象却是碧蓝的天空与金黄的衰草，她觉得它们就如同风景画般，当这种色彩对比以漫不经心的方式扑入你眼帘中时，你觉得单调喧嚣的城市也突然间变得鲜活起来。

随色彩一起蔓延而来的，还有一种陌生，一种她不属于这里的感觉。

大学中寝室是六人一间，她的五个室友都来自这座本地城市。结束了一天的课程回到寝室后，大家最喜欢做的事就是打开电脑一起追剧，边看边讨论，偶像，时装，电影……往往可以扯很远，当回过神来时才发现早已不记得什么剧情了，于是就一起大笑。大部分时间，她都只是安静地做一个倾听者，因为许多东西她不懂。但她喜欢这群女孩，她们向她展示了一种从前她所不知道的生活。

屏幕上帅气的吴彦祖再次让大家谈兴高涨，她也忍不住插一句："好像……"，她觉得用这个词即使评论错了也没有关系，"好像他就是饰演这个角色才红起来的……"话还没说完，立刻就被一个女生抢白："你可歇歇吧，人家早在美国的时候就已经很有知名度了。"然后是大家善意的笑声，她并不恼，也一起笑笑，可笑容不那么自然。

她们从不因为她不施粉黛便不与她聊化妆品，从不因为她衣饰朴素就不邀她一起逛街，她们相处得很好，都是很好的女孩子。只是，当冬天来临的时候，白杨树刚刚开始落叶，别人还并不觉得如何凉时，她会觉得有些冷。

她一直觉得，橱窗才是一个城市最美的景致，橱窗就像画框，把整个城市装入其中，展示给人看。

她常常流连驻足在各种橱窗前，可以呆呆地看一个下午。里面的人偶穿着最为时尚精致的衣服，却偏偏毫无表情地注视着城市中忙碌的人群。高大透明的橱窗玻璃静静地把她们和外面喧嚣的世界分隔开，使她们看起来更加高贵精致。面无表情却恰恰是一种特别的表情，她们为何以这一种特殊的方式展示着这个城市的潮流品味与时尚呢？是在暗示着什么吗？

她觉得这其中似乎包含着一个深刻的命题，她猜不透，却越发吸引她。

"站在摩天大楼的顶上，隔着静静玻璃窗……"她轻声哼唱着早已不再流行的孟庭苇的歌，游走在城市中各个美丽的橱窗间。一个美丽的女孩专注地看着美丽的橱窗，橱窗是她的风景，而她，是这城市中的风景。

一直以来她都只是默默欣赏里面的商品，偶尔，用自嘲似的笑容抹去心底泛起的想要拥有它们的欲望。可这一次，她却无比强烈地想拥有一件东西。

那是一只水晶发卡。

水晶本身是透明无色的，可因为切割角度的设计，使阳光的七彩都流连在它身上不愿离去，晶莹剔透又流光溢彩，如果能戴在自己的头上，那会是怎样的一幅画面?

每一件十分精致的物品都是有灵性的，在等待着属于它的人。她开始相信这句古老的话，不然为什么她会仅仅只是初见就那样喜欢它?

过分的专注使她并没有注意到售货小姐那冷淡而又不屑的眼神。

她小心地问起它的价格，小姐看了看她，并没有正面回答一个价格，而是淡淡地说了一句“你买不起的”。

漫不经心的一句话却足以沉重到压碎她心中隐隐的希望。

惠心荷默默转过身，再也没有多看那只发卡一眼。

“瞧那穿的，一看就是穷学生，买不起还看个没完，还问价儿呢！最讨厌就是这些只看不买的顾客了。”

“就是，哎，我都站了一天了，也……”

后面的话她听不到了，因为不知不觉已经走了很远，很远。

陌生的城市，陌生的行人，陌生的一切。

她在心中默默地对自己说，未来我爱的人，一定可以为我买得起它。

一滴泪珠，滴落到这座城市干冷的地面上，它们也和水晶一样透明。

四、生日礼物

小郭很紧张。

今天是惠心荷的生日，小郭请她们全寝室姐妹吃饭，那自然是醉翁之意司马昭之心。虽然是食堂中很简单的饭菜，但大家却都吃得很开心。兴致很好时便有人提议，今天每个人都要满足蕙心荷的一个愿望。

惠心荷受宠若惊的样子很动人，小郭觉得。

她说想要听一首歌，于是就有人献歌一曲，虽然歌词自作主张地一句都不肯往调子上去，但能令过生日的女主角笑靥如花也就算完成使命了。

她说想要窗外的一枝迎春，于是就有人辣手摧花。

她也有调皮狡黠的一面，她要寝室的一个姐妹到楼下随便抓一个男生去表白，于是我们就看到风风火火的女汉子和瞠目结舌被惊到的帅哥。

大家玩得不亦乐乎。

最后有人提议，该送生日礼物了。

每个人都拿出早已准备好的礼物，轮到小郭时，他手心有点出汗，从运动包中取出一个包装精美的小盒子。“是，送，送你的。”

小郭变得有点结结巴巴，明明应该在句子中加个主语的，不然把主语放到后边倒装也可以啊，还有强调作用呢。

“是什么是什么？”女孩们就是心急。

“不是什么太贵重的，就是一只发卡。”

这个词仿佛具有一种魔法，让惠心荷的心瞬间变得紧张起来，眼前浮现起那抹流光溢彩。

不，他不会知道的，不可能那么巧，那我为什么还要紧张？

小心翼翼撕开包装，纸张发出的轻脆响声在她耳中格外清晰，时间好像过得很慢，她也不明白自己为什么要紧张，或许是因为期待？

小郭看到她眼中闪着亮晶晶的神采。

终于撕掉了，打开盒子，一只发卡静静躺在淡绿色绒质衬底上。

这是一只镶嵌有玳瑁的普通发卡，即使有阳光去努力照耀它，也不见它闪烁。它没有珠玉的光泽，也没有水晶的剔透，即使和旁边女孩头上饰有水钻的发卡相比，也黯然失色。但它是小郭跑遍了城市中几乎每一个角落寻找到的，是一件有心的礼物。

女孩们有些失望，互相看看，安静了好一会儿，终于有人小心地问：“这个，是什么呢？”

“是玳瑁发卡，”小郭解释着，“足下蹑丝履，头上玳瑁光。《孔雀东南飞》中的诗句有提到过。”

哦，女孩们若有所悟的点点头，原来这么平常啊。小郭有些尴尬，看着惠心荷，她呆呆地看着发卡，不知在想些什么。

“也，也不是这样，传说玳瑁是有灵性的，用玳瑁做成的饰品，谁第一次戴它，谁就是它永远的主人。”

“哇……”女生们情绪有些高涨起来，果然对浪漫没什么抵抗力。

“戴上试试。”有人提议，这一提议立刻得到大家赞同，“就是就是，戴上看看，多浪漫啊。”

小郭也充满期待地看着她。

惠心荷仿佛突然回过神来一样，不置可否地笑了笑，说：“过会儿再戴吧，我们来吃蛋糕。”

其实她在听到发卡的那一刻紧张不已，她觉得那几乎是不可能的，可又不可抑止地期待着，真的会是那只自己渴望拥有的昂贵发卡么？她似乎看到美丽的城市，温暖的阳光，她戴着那只发卡和深爱着自己的人惬意地生活在这里，那将是怎样的一份心情？随着包装纸的拆开，她甚至都有窒息的感觉，当清清楚楚看到那只玳瑁发卡的时候，她好像从一个梦中醒来，感觉到了冬天里阳光的真实温度，那是一种并不寒冷的凉。

她看着小郭纯净的期待，仿佛一下子就看到了所有校园爱情故事的结局。在犹如世外桃源般的校园中享受着相亲相爱带来的美好，然后，是毕业，走入社会，那纯净如水晶也脆弱如水晶的爱情根本无法用一个叫作永远的词来形容。她将为每天的房租和吃饭操心，为工作奔波，在奔波和等待中老去，会和现在的自己一样伫立在橱窗前看那里面陈列的美丽物品，一面玻璃将她冷冷隔开。可她看着小郭那纯净的眼睛，有种疼痛在心中蔓延开来，以后还会遇见这样单纯透明的情感吗？还会有人这样纯粹地喜欢着自己吗？她不知道。

我会戴上这只发卡，但只戴这一次，然后，告别一些东西。

对不起，她在心中默默地说，对小郭，也对自己。

五、公主的发卡

当用那只发卡将随意流转的长发别住的惠心荷出现在校园时，我觉得她从未这样美丽过。

然后雪花飘起，雪中的校园，有着北方独特的美丽，之后便是一个悠长假期。

开学后小郭请我吃饭，我想他多半是想感谢我吧，虽然在这段恋情中我只是提供了个名字而已，但还是很乐于吃一顿的，只是没有想到……

小郭告诉我，假期中，他和惠心荷有过这样一段对话。

那是在市中心的咖啡店中，惠心荷打扮得很入时，两个人聊得很开心。不知是谁，说起了未来，他问她，以后对生活有什么向往。

小郭很想知道她的梦想。

咖啡店外的城市很喧闹，人们忙碌地走来走去，追寻着自己想要的东西。

惠心荷说："以后，你要送我一栋大房子。"

"嗯。"

"以后，你还要送我一辆跑车。"

"嗯。"

小郭觉得咖啡有点苦，以前怎么没喝出来呢？

"那你呢？"小郭问。

惠心荷淡然一笑，说："爱你啊。"

小郭也笑了笑，只不过，有些不自然。

"她不该是这样的人，她是故意的对不对？"小郭固执地问我，可我无法回答。

也许是，也许不是，谁能够知道呢？

小郭的故事，还没有开始就已经结束。

有一次小郭告诉我，他在高中时曾暗恋过班上的一个女孩，后来知道那女孩已经有男朋友了，他很失落。同学劝他说，以后好好努力，当个大老板，事业有成挣很多钱给她看，让她后悔死，到那时不用追她就回来了。小郭对我说，可我总觉得，如果她是那种为了钱就回来的女孩，我得到了也没什么意思。如果她不是那种女孩，那么不管以后我有多少钱，她都不会理会。

“所以不管怎么说，我都失去她了。”他说。

后来我在书上读到这样一个故事，《公主少了一个发卡》。说从前有一个国王，他有七个美丽的女儿，英俊的王子前来求婚。七位公主在梳洗打扮时，大公主发现自己少了一个发卡，于是她从二公主那里拿了一个，二公主就从三公主那里拿了一个，最后，只有七公主没有发卡，她只好任美丽的头发自然垂下来，而王子，被她如此自然的样子深深地吸引住了，他向七公主求婚，七公主嫁给了他。故事的结尾，他们幸福地生活在一起。

不知为什么，每次想到这个故事，我就会想起小郭。

安静的咖啡厅内，那对少男少女正在阳光下私语，惠心荷看到他们脸上依然有青春的稚气在，也依稀看到最初的自己。

她的咖啡已经凉了，喝起来，有点苦涩。

◆ 女生寝室楼下的小猫

当肖凌从图书馆回来，推开寝室门，看见房间里多了一只小猫时，陈萱正以和自己同样好奇的表情看着它。

事情是这样的：丁冬在寝室门前发现一只小猫，正在地上像个毛线团似的滚来滚去，看样子还十分自得其乐，不时喵呜喵呜地叫。动物在小的时候都很可爱，很少有女孩不喜欢小动物的，而丁冬看到它，更是亲切得不得了。

丁冬是个十分恋家的女孩，这一点儿，有一篇《做饭记》为证：

在老妈老爸的强烈召唤中（其实是我厚脸皮啦），本周末还是奔回了家。

弟弟马上要高考了，正在那里埋头做题，看他一副抓耳挠腮的样子就知道准是又卡在哪里了，硬撑着不来问我，好，有骨气，那就让你多死几个脑细胞好了，嘿嘿。

老妈让我照顾他，给他做饭，他听到后一脸嫌弃的样子忙说："我看还是吃方便面比较保险。"气得我牙痒痒。受不了他那怀疑的小眼神，便扬言给他做顿饭瞧瞧！于是呼呼地跑进厨房，锅碗瓢盆叮当响，捣鼓了一会儿，弄了一桌菜出来！

他和表妹端着饭碗，一脸不相信的样子，盯着一桌的菜，齐声说道："是你做的吗？"这不废话吗，这屋子就我们仨人，不是我做的，难道还藏有一位美丽的田螺姑娘不成？

这两个兔崽子，说是说，嘴可一点儿也没闲着，狂风扫落叶，吃完最后还丢下一句："简直不相信是你做的啊！"其辞若有憾焉，其实乃深喜之，哈哈。虽然我平时从来不做饭，可并不代表我不会嘛。做菜嘛，凭本小姐的智商，完全无师自通。

我得意地笑啊，得意地笑。

丁冬出生在一座并不算繁华的城市里，家中小院因门前一条小巷阻断了喧嚣，而独享一方安静。她在其中度过了一段无忧无虑的时光。

妈妈说，在她出生前曾梦见一朵淡雅的水仙花，醒后还专门让父亲买来水仙插入花瓶中，结果不久她就来到了这个充满花草香的小院里。她的出生使父亲再也无暇顾及那些花草，他总是笑着说，养她这朵水仙花更重要些。

丁冬喜欢在有着薄雾的早晨推开窗子，飘渺朦胧的雾气中，那些绿色枝条仿佛一直延伸到窗前般触手可及。忽然嗅到一阵香气，可当她深吸一口气，准备细细品味时，却什么味道也没了，她无法确定刚刚闻到的是来自梦境的香味还是真的有花香飘来。

犹豫片刻，她笑了，是的，不必怀疑，刚刚自己闻到的，是花草们在空气里邂逅的爱情。

不得不提的成员，还有一只小花猫。平时总喜欢趴在鱼缸前吓唬里面的金鱼，丁冬常抓住它的尾巴想把它拖走，然而越是拉扯，它缩得越厉害。最后总是一旁笑眯眯地注视着她和小花猫的妈妈为它求情。

小院的清晨傍晚，春花落叶，都深深印在她的脑海中。闭上眼，她就能清楚地看到它的每一个角落。如今她求学异乡，面对许多诱惑与困难，当她孤独寂寞时，当她茫然无助时，家，都能带给她温暖与勇气。这只意外出现在她生活中的小猫，她认为一定是某个神仙让它来寄托自己对家的思念的。

丁冬抱起它，小猫很乖，伏在丁冬的怀里安安静静的，让人舍不得放下，于是丁冬把它带回寝室，小猫暂时成为寝室中的一员。

对它最好的自然是丁冬，大概是小猫活泼伶俐的样子和自己很像，让她心生怜悯，经常买来牛奶喂小猫喝，而寝室的其他人就会说人不如猫啊，我们还不常喝牛奶呢。丁冬还想训练它看电视，可惜小猫对睡觉更感兴趣，只得作罢。

对它最不友好的是肖凌，肖凌不怎么喜欢小动物，什么猫猫狗狗一律不准进家门。肖凌喜欢鱼，猫却喜欢吃鱼，无形中让肖凌对小猫更没什么好感。小猫呢，很奇怪，你越喜欢它，它越懒洋洋地不大理你，你对它不理不睬，它倒总来逗你。小猫总往肖凌床下钻，肖凌毫不客气，一把将小猫拉出来，提到门口顺手一扔，把门一关。任凭小猫在外边怎么叫也只当没听见。

丁冬上课前总是拍拍它的小脑袋，或者抓它的脖子几下。

一次晚上大家睡不着，开始聊天。

肖凌问丁冬：“你为什么那么喜欢小猫呢？”

丁冬反问她为什么不喜欢，肖凌本来很随意的语气变得有些伤感，她说：“以前我曾有一个很要好的朋友，在一次自习时，空调很凉，她很冷，于是就发短信给自己的男朋友，让他带件衣服给她。她的男朋友正忙着玩游戏，就很自然地拒绝了。这件事让她很生气，但过了两天气也就消了。这是一件小事，不会影响到两人以后的关系，但是她对我说，我会记住，以后自习时一定会带衣服，如果哪天忘记了，即使冷死，也不会再叫他送。”

“那，后来呢？”陈萱问。

“一天夜里，她的心情特别低落，特别想有个人能安慰她一下。可那时已经是半夜时分。她就打电话给他，很想听他说话，可电话那头的他不耐烦地敷衍着，无论她说什么，他都只是嗯哦地答应着。最后她说，我只是想给你打个电话，其实没什么事，挂了吧。他说那好，挂了吧，然后立刻就挂掉了电话。后来她对我说，她没想到他真的就那么干脆地挂掉电话，她以为他会等她先挂断之后才放下听筒的。从此以后，她再没有在伤心无助时给他打过电话。”

寝室中很安静，大家都不说话。

肖凌继续说：“我觉得女生有时很像猫。你们知道吗？小猫在撒娇或者做错事的时候，需要别人的安慰和爱抚，如果这时主人打了它，它就会狠狠记住，不会再犯。可我偏偏就不喜欢猫，是不是很矛盾？”她自嘲似的笑笑。

她们心中都知道，肖凌故事中的那个朋友，肯定就是她自己。

小猫此时正趴在肖凌床下，睡得正香。

给小猫洗澡是件很好玩的事，小猫本来也是不讨厌洗澡的，可自从上次洗澡时被肖凌用刷子刷过后就再也不想洗澡了，见到丁冬她们端水进来就开始跑。直到肖凌堵上门，它才终于在丁冬的循循善诱下从床底下爬出来。给小猫洗完澡后，丁冬把它抱到窗台上晒一晒冬日里的午后暖阳。

冬日里的晴空来得尤为湛蓝与明朗。风穿梭在白杨树间，沙沙的鸣奏曲随风而起，好像有一位曼妙的少女随风起舞，翩飞的落叶是她衣裙的褶皱。

校园的下午，安静中夹杂着些许清冷，抬眼望去，晴天碧空，天边几朵白云生?

小猫舒舒服服地趴在窗台上，偶尔打个滚。

丁冬则用双手托着尖尖的下巴，去看城市的天空。

陈萱常常会看着自娱自乐的小猫想："小猫会思考吗？"

想来是会的，至少她觉得这只猫会，因为它很会为自己打算。可它会思考自己是谁，未来要怎样这样的问题吗？可能多半不会。下学期自己就要离开这里，作为名校间的交换生到北方一所著名的师范大学去学习一年，然后力争考取那里的研究生，这是父母的期望也是自己的理想。应该会考上吧，不然不就白去了吗？可如果万一不能考取呢？难道就不去吗？

不，还是要去，毕竟那里的天空，更靠近梦想。

校园广播悠扬地响起，该吃晚饭了，陈萱拍了拍正打呼噜的小猫："走吧，小家伙，你也要努力啊。"暖阳的余晖送着一个女孩，还有一只很会为自己打算的小猫，悠悠地走在去食堂的路上。

就当最不喜欢猫的肖凌也渐渐喜欢上这只小猫时，它却失踪了。

肖凌在寝室中养有两条小金鱼，养在一个圆形的小鱼缸里，小猫有时喜欢趴在鱼缸旁边看金鱼游来游去。据说猫咪很有好奇心，一个毛线团也能研究半天，总喜欢观察陌生的东西。

肖凌最初疑心小猫对她的鱼图谋不轨，后来看它只是看，才逐渐放下心来。可那天肖凌回来，看见她的一条金鱼躺在地上，还有一些水迹，小猫正在旁边围着金鱼转圈。肖凌赶忙跑过去，一脚踢开小猫捧起金鱼，还好，鱼的腮还是一鼓一鼓的。她手忙脚乱地将鱼放回水中，回过头瞪着小猫，心中实在气不过，抓起它使劲摔出门去，小猫在空中灵巧地转了个身跌到地上，远远地看着肖凌，眼神中有紧张、惊恐，还有几分愤怒。

“你看什么看？干吗要吃我的金鱼，滚开！”肖凌踢开它，狠狠关上了门。

这次小猫没有用爪子敲门，而是默默跑开了，然后就没再回来。

丁冬回到寝室后发现小猫不在了，问肖凌是怎么回事，肖凌气还没消，不说话。等知道事情的原委之后丁冬说：“小猫才不会要吃你的鱼，它那么喜欢你，总往你的床底下钻，怎么会想要吃你养的鱼？”

“它只是只动物，说得不好听是个畜生而已，你还真以为它通人性啊！亏我还有点喜欢它。”

“你……”

丁冬气得三天没和肖凌说话。

肖凌的那条金鱼虽然回到了水中，可也许缺氧太久，也许被小猫伤到了，整天倾斜着沉在水中也不游动，没过一周，静静地死去了。

肖凌很伤心，和陈萱在湖边埋掉它，并用木板为它做了个小小的碑，上面写着：小小金鱼来到人间，看看世界然后归天。

对于剩下的一条金鱼，肖凌更加用心呵护，可曾经养过鱼的陈萱说，它失去了伴儿，恐怕活不长的。肖凌不相信，不知过了几天，大家起来时，发现那条金鱼躺在鱼缸外，早已死掉。头一晚肖凌忘记给鱼缸盖上盖子，很明显，金鱼是自己跳出来的，肖凌觉得，它似乎一直在寻找机会跳出来。

“你还说它们没有感情吗？”丁冬终于开口对肖凌说话了。

肖凌想起小猫最后看她时的眼神，她明白了，小猫也许是想把金鱼弄回鱼缸去，可它做不到。

“对不起……”肖凌低声说。

大家开始寻找小猫，可根本不知道要去哪里找，丁冬和陈萱在窗子上画了一只小猫，虽然用笔很简单，但看起来还蛮滑稽的，也有几分像，希望小猫看到后快回来。肖凌想起自己说过的话，小猫在做错事的时候，需要别人的安慰和爱抚，如果这时主人打了它，它会狠狠记住，不会再犯。

可这回小猫没错啊，是自己错了，还打了它，它还能回来吗？

小猫还是回来了，而且还不是独自回来的，竟带回了另一只毛色梨花黄的小猫。丁冬她们高兴坏了，忙把它们抱回寝室。肖凌过来抚摸小猫，小猫懒懒地打个哈欠，没有走开，看来已经原谅肖凌了。丁冬给梨花黄的小猫起名为小月，虽然俗气得很，但她解释说这可是取自古诗“梨花院落溶溶月”之意。大家很想知道小月是位姑娘还是小伙儿，可后来想起她们连小猫本身的性别都没搞清楚，也就不去费神辨别小月的性别了。

小猫从此有了伴儿，不再独自一个东游西荡。它们也搬到了新居，因为寝室既小又有阿姨查寝的危险，小猫在女生寝室楼外边不远的地方发现一处破旧的地下水管，便在那里安了家。女孩们展现出布置家居的才华，将那个水管布置成温馨蜗居。

两只小猫从此正式成为大众猫。

路过寝室的女生，打球回来的男生，都会过来逗逗它们。经常会看到有可爱的女生喂它们东西吃，在路过的我们看来，那些女生也越发显得可爱。两只小猫从此衣食无忧，胃口也变得奇好，从饼干到水果一路吃下来绝不含糊，偶尔还会被淘气的丁冬灌点酒，摇摇晃晃的样子十分好玩。

日子如水也如歌。

一年又一年。

几年以后，陈萱如愿地坐在师大图书馆中安静地自习，偶尔听到窗外传来飞鸟的鸣叫又或是蟋蟀的歌唱时，她就会觉得这声音穿过高大明亮的玻璃窗，来到她耳朵中，变成了熟悉的喵呜喵呜声。

小月不见时，小猫是这样叫的。

小月回来时，小猫好像，也是这样叫的吧？

她有些记不清楚了，她从书架上抽出一本书，看看封面，《心是孤独的猎手》，那是麦卡勒斯的一本书，讲述一个什么故事来的？好像是一个孤独的故事吧，哦，自己找的不是这本，她有些费力地又把它放回书架。

小月不知道为什么突然不见了。于是她每天都陪着小猫在操场的草坪上等它，后来它真的回来了，可它浑身抽搐，嘴角流着白沫，来到小猫面前便再也支撑不住了，倒在地上。它的身子在颤抖，忍受着很大的痛苦，可它的叫声却出奇的温柔。

陈萱知道，它是中毒了，在城市中，经常会有小猫小狗因为误吃了中毒的食物而死掉。

小月走掉，也许是因为不愿让小猫看到而伤心。可它最后还是回来了，看着它抽搐的身体，她想象不出它到底是怎样走回来的。它想最后看一看小猫。小猫围着它焦急地乱转，后来，它似乎也明白了，不再动，安静地趴在小月身边，一遍又一遍地舔着它。

直到它闭上眼，睡去。

那次小猫又离开了，一个星期之后，又孤单地回来了。丁冬她们想把它重新抱回寝室，可小猫怎么也不肯。它只待在外面的小窝中，平时很安静，到了傍晚，就独自跑到操场，继续等待着谁，偶尔会叫几声，声音中并没有悲伤。大概在它的理解中，小月还会再回来的，上次它睡着了，说不定什么时候就醒了呢。

图书馆中的灯亮了起来，已经是夜晚了。头顶上是一排排的日光灯，它们放射出的光很亮，有些刺眼，照得周围的一切都仿若变成了白色。

那一年，全国爆发禽流感，学校中不能养任何动物。来到学校的卫生防疫人员要带走小猫，他们说只是给小猫做个检查，没关系的，之后会把它送到专门的动物收养所去，比这里条件还好呢。

小猫对着笑南、丁冬、陈萱和肖凌，喵呜喵呜地叫着，围着她们的脚边转圈，它在和她们道别。

小猫被带走之后，她们终于忍不住哭了起来。

这一次，小猫是真的不会回来了。

走出图书馆，夜已经很深了，天空中繁星闪闪。

陈萱漫步在师大校园中，这里曾经是自己向往的地方，为之努力的地方，如今，自己竟真的站在这里，成为其中的一员。不知道当初一同考研的同学们，如今都在哪里。

这里也时常会看到流浪的小猫小狗，它们总让她想起大学里，那只很会为自己打算，经常和自己一起散步，在草坪上滚来滚去的小猫。它现在怎么样了？有人领养它了吗？还是依旧自由自在地浪迹天涯？它又找到伴了吗？

是这只小猫，让自己的心变得更加柔软。

如今，她也早已拥有属于自己的爱情。对了，她想起最近正在和男朋友生气，好像只是为了一点很小的事情。小猫会等候着已经无法回来的伴侣，我们为何还不爱着身边的人呢？

想到这里，她拿出手机，拨下熟悉的号码。

手机接通了，隔着遥远的空间，传来熟悉的呼吸声。

她温柔地说：“喂，你还好吗？”

◆ 那些人、那些事

这是一个很好的题目，不知是谁最初在笔端写下了它。每个字，都很平凡，如同人海中的你我，可相聚在一起，就有了一种引动思念的力量，让你不由得去追忆那些最好的时光和那段时光里出现的人。而那些记忆，无论你走了多远，都不会忘记。

初入大学时，期盼着传说中两人一间的公寓式宿舍。后来传说改为据说，据说是四人间，想想也不错。结果真正分到寝室时才发现据说变成了胡说，居然是和高中时代差不多的八人间寝室，为此大家批判现实整整数月。

可是后来，我们却喜欢上了这八个人的寝室。

一、老大

在入学第一天，交款处排起了长长的队伍，天气热得令人有些烦躁，而站在我旁边的一个男生却好像完全无视盛夏的炎热。他的皮肤微微有些黑，面目却很俊朗，独自一个人背着很大的一个运动背包。后来，他成了我们寝室中的老大，来自湖北。向别人介绍自己时总会告诉对方，赵丹是我国一位著名的表演艺术家，和自己同名。

◎男人，就该对自己狠一点

小郭因为很瘦弱，所以很崇拜结实的老大，常常一脸羡慕地说："我要是有你这么壮就好了。"老大于此时往往也会不失时机地亮出肱二头肌，用深沉的眼神看着小郭，缓缓说道："男人，就该对自己狠一点。"

◎小笤帚

老大因为俊朗的外形和深沉的眼神，被一女生倾慕不已，但老大不为所动。该女生生得小巧玲珑，单薄灵动，受韩流影响，并不近视的她喜带一副大大的黑框眼镜。二哥说一看见她就不由自主想起骑着笤帚满天飞的小巫婆，于是小笤帚就成了该女生的外号，当然，仅限寝室内部流传。

一日，该女生打电话到寝室中找老大，老大不在，我接的电话。对方得知老大不在后就问了句："你知道我是谁吗？"

我一时没反应过来，脱口而出："小笤帚！"

话筒中沉默半晌，传来悠长的一声："唉……"

◎山登绝顶我为峰

恰同学少年，指点江山。

那次登山是中文系举办的集体活动，参加的人很多。不过本地同学都反复语重心长地教导我们，登山就只当是去锻炼身体，千万不要对传说中的景色抱有什么幻想。于是大家相约去爬山，倒很像阿Q们相约去革命。

集合地点定在校门口，我和老大一同过去。迎面刚好走过来一个女生，打扮得很入时，戴着宽檐太阳帽，扎马尾，很秀气。她见到我们打了个招呼："嗨，这么早就过去啊。"

"是啊。"我回答，然后站住与之聊了起来，谈吐亲切自然，仿佛许久没见面的老同学。聊了一会儿，那女生说自己要回去取点东西，"你们先过去吧。"说完便走开了。

我沉思一会儿，问老大："她是我们班的吗？"老大装聋不理我。

到了集合地点，眼前一亮。军训时我们曾感叹，诗云北方有佳人，绝世而独立。南国有佳人，容华若桃李。西方有佳人，皎若白日光。可为什么偏偏"十步之内有芳草，中文系中无佳人"？此联是哪位才子所作已经不可考了，但在系中广为流传。军训结束后班中女生恢复日常装束，于是有人对此联加一字，成为添字联："十步之内尚有芳草，中文系中亦有佳人。"今天一看，我对老大抱拳道："兄台，十步之内必有芳草。"老大微微一笑，还礼后道："中文系中岂无佳人？"然后我们相视而笑，一副于我心有戚戚焉的样子。

今天要去游玩，女孩们几乎全都变了个样子，或粉黛薄施，或精心妆扮，真是怎么看都好看。

车子在公路上飞驰，大家饶有兴致地看车窗外的风景，外面不时传来播放中的流行歌曲。有人听了一阵后发表意见："我发现如今是世风日下，人心不古啊。”说完摇头做叹息状，他的口吻让我想起鲁迅先生笔下的九斤老太。

“干吗这么说？”

“你想一想，七八十年代的爱情歌曲是怎么唱的？”

“那时候好像是《我爱你，塞北的雪》。”

“对啊，那时候多好，大家爱祖国爱人民爱大自然。”

“那之后呢？”

“爱要怎么说出口，我的心里好难受哦……哦……哦……”一个男生很搞笑地哦起来没完。

“再往后？”

“Ring ding ding dong，我想和你谈恋爱。”不知是哪一个女生清脆地唱着补充。

“现在你听外边唱的是什么？”有人提醒大家。

大家凝神仔细听，外边传来某歌手声嘶力竭的声音：“死了都要爱……”

于是众人嗟叹，果真人心不古啊。

到了景点，正门很宏大，我摆了个礼佛的姿势准备拍照，不料大家纷纷效仿，更有甚者提议集体摆个千手观音的造型，可惜被否掉了。顺着山路走上去，两边树木葱郁，不时传来草木的香气。仁者乐山，智者乐水，山的确可以使浮躁的心灵平静下来，深沉起来。山应该都是有灵性的吧，走进去，无论是草虫山鸟的鸣叫，还是松涛山风的吹拂，都让你觉得空灵飘渺，你想一直就这样走下去，走到山的那一边，一直走到无尽的苍茫和悠远。

连说带笑地走了许久，其间我已经喝掉了五瓶水，并正准备向老大的水杯继续下手，因而被冠以水怪的新绰号。

前边马上就是山顶了，山顶叫作天外天，传说是神仙飞升的地方，站在此处可以体会“会当凌绝顶，一览众山小”的超凡脱俗之感。而要登上天外天则必须攀过一块巨石，石上附有铁链，虽不凶险，也有些难度，而且这石头名字起得极好，叫“一步登天”，因为过了此处就登上了天外天。

对于经常跑跳的男生们而言，要“登天”一点不难，当然，我说的是登上天外天。女孩儿们就不同了，但她们是越上不去就越非要上去看看不可。于是我就在比较陡峭的地方攀住铁栏，负责接人，老大在高一点的另一处也抓住铁栏，负责接包，最后是已经登上去的男生们负责接应。不久大部队也跟上来了，这一下可好，由我们组成的一条龙接送服务忙个不停，场面蔚为壮观，还有游客给拍照留念。

终于登上了天外天。

这里空旷寂寥，山风呼啸，位于极高之处。一登上来，心胸陡然开阔，极目四望，所及之处，尽是莽莽苍苍，峰峦起伏，一切的烦恼都变得那样的渺小与不屑。

迎风侧立的老大问我：“六少，‘海到无边天作岸’的下句是什么？”

“山登绝顶我为峰。”

“对，就是这句！”

老大英气勃勃，神采飞扬，感受着耳边呼啸而过的山风，深深地吸了一口气，对着群山大声呼喊：“山登绝顶我为峰！山登绝顶我为峰！”声音远远地传出去，又回荡开，在群山中激荡不已。

站在高山之巅，人是多么渺小。

苍茫、旷远、孤独，突然间，在这些感觉中，你好像触摸到了生命的样子。无所谓精彩也无所谓平淡，自然而然，它安静地走过。在你开始留恋时，它离开了，你忧伤，你哭泣，你不安，却于事无补。

如果生活一回，不能留下意义，只能庸庸碌碌地走完生命历程，那有什么意义？渴望成功，那么的渴望，可当你站在如此高的地方，你所能看到的一切都变得那样渺小的时候，你不禁怀疑成功的价值，不禁思考人真正追求的应该是什么？生命的意义又是什么？就像歌德笔下的维特一样，他愤怒地喊，每个人都对我说，你要成功啊，你要成功啊，你要出人头地啊，他们懂得什么！他把对绿蒂的爱视为一切，当绿蒂离开时，他选择了结束生命。维特并不懦弱，他更为勇敢，宁愿放弃生命，也不空虚地活着。

然而我们就不追求了吗？得过且过这样的生活就有意义了吗？无论生活多么艰难，现实如何令人失望，都不能甘于平庸，唯有奋斗过，努力过，抗争过，才可以在生命走到终点时对自己说，谢幕吧，我可以安睡了，我做到了！

也许我永远都无法周游世界，也许我永远都挣不到一千万，也许我永远都不知道生命是怎么一回事。可至少现在，我哭，我笑，我歌，我的声音接触到天风了。

我对这个世界有太多的眷恋，我爱那美丽的山水，那广袤的沙漠，那蔚蓝的大海，还有那苍翠的森林。我的人生因这些美丽而生，这是我最终也是唯一的目的。

走，我们去看沧海！

听，那花开的声音！

终有一天这一切都将逝去，可我不能放弃，无所作为，至少我要留有痕迹。曲折精彩的故事可以证明我来过，我的故事该从哪儿开始？就从那些闪光的点滴开始吧！

毕业后，听说老大选择了支教，然后一边工作一边准备考研，想想也知道这过程的辛苦。而我也成为了一名教师，新学期的第一课是毛主席的词《沁园春·长沙》。当学生们大声读到："指点江山，激扬文字，粪土当年万户侯"时，我看着那些年轻的脸庞上洋溢着的飞扬神采，总会微笑。

二、二哥

就如周公并不姓周一样，二哥自然也不姓二。

就如一身匪气的杰森斯坦森一出场，就会给电影定下一个浑不吝的调子一样。洒脱不羁的二哥一出现，就会让人觉得烦恼什么的，其实都没有什么大不了。

◎**哥很快乐**

每当寝室中有人郁闷时，二哥就会安慰他：“跟哥学吧，哥什么都没有，但是哥很快乐。”

◎**半碗水编辑**

吋逢寝室中有兄弟为情所困，刚刚成为校报编辑之一的二哥便会低头做伤情状，然后突然猛一抬头，目光飘远，口吟：“罗衾（音“求’）不耐五更寒，梦里不知身是客，一晌贪欢。唉，痴儿啊痴儿。”有一次偶被我听到，高中学习文科的我尖锐地指出二哥念了十多年的衾（音“求”）字，其正确读音为衾(音“亲”)，令二哥颇受打击，结果二哥成为“半碗水编辑”。不过好景不长，我在一篇投稿中写道：“作者传神地把这个故事写得极为传神。”遭到“半碗水编辑”的严重鄙视。

◎**飞禽走兽**

搬进寝室不久后，舍务部搞星级寝室评比活动，于是大家出钱，由我负责搞装修。在基装完成后，我又废寝忘食，连夜画了四张仕女图以作软装饰之用。

二哥和小郭都在上铺，挂好画后，二哥对小郭说：“你看哥的这张，飞鹤侍女，骑是飞禽。”小郭看看自己的，道：“那有什么了不起，我的是骑龙侍女，骑的是神兽。”

于是老大总结道，上面是一对“飞禽走兽”，简称禽兽。

◎**言论与事实**

毕业前的一天晚上寝室中只有我和二哥，我们交流起失眠经验，二哥侃侃而谈，大谈如何巧对失眠；我亦毫不示弱，头头是道地分析失眠危害及其应对之策。

结果，那天晚上，我们两人谁也没睡，不觉东方之既白也……

◎**不是不能喝酒**

缔造这个典故的主角不是二哥而是本人，因为长得又高又大，常常会被误会成是篮球高手，其实偏偏什么球都不会玩。

我的爱好很男人，武术。影坛偶像乃李连杰是也。在李连杰主演的影片《铁鸡斗蜈蚣》中，作为黄飞鸿的经典扮演者，他有这么一句台词："不是不能喝酒，喝了酒后出手重，拳脚收不住啊。"说这话时李连杰醉眼朦胧，豪气无限，当真令人倾倒。

我将这句话牢记在心，每逢寝室大战之时便说出来以壮声色。众人初而惊叹，继而习惯，最后已经见怪不怪了，于是我的"不是不能喝酒"遂成为寝室一景。

有一次"回家狂"二哥周末从家里回来对我说："六啊，这周六电影频道放这个片子了，我不换台不眨眼地看，就为等这句话啊，等听到时，我激动坏了，哈哈哈哈。"

我无视他。

三、旺三爷

旺哥虽然排名第三，但是凭借一身霸道强横的力量和借此而形成的强大威慑力成为我们心目中的地下老大。并且旺哥淡薄名利，不像《天龙八部》里面的南海鳄神岳老三，整天嚷嚷，总想争个排名。

◎旺哥的网友

学子必备技能之中，聊QQ一定榜上有名。

我的QQ号是同寝兼同乡的小郭给的。问我取什么网名时，因为当时很迷周杰伦的一首歌——《上海一九四三》，我说就拿它做网名吧，希望生活也像这首歌给人的感觉一样，温暖，并有一点怀旧。

网上聊天其实蛮有意思的，但我不大喜欢网友这个称呼，总觉得有点把“友”字滥用的意思。网友很像是笔友的升级版。在高中那会儿有段时间很流行交笔友，各种杂志的页边页眉都是类似的信息，总有不少同学寄出一封封信，等待回音。

因为陌生，所以神秘，因为远方，所以美丽。

当时曾有同学给我介绍了一个笔友，在同一座城市中不同的学校。我玩了回深沉，在信中写了些关于人生、关于理想的问题寄了过去，现在回头看觉得很好笑。就像在路边看到一对高中生，男孩神情忧郁，女孩一本正经地说：“你要正视你自己啊。”看了忍不住一笑，现在的高中生啊。其实自己那时还不是一样，许多幼稚的行为，做起来却很用心，也很认真。

结果那个女孩，也就是我的笔友，出于礼貌回了我一封信，客气地回应了几句，却在给“介绍人”的另一封信中埋怨，你怎么介绍了这么闷的一个笔友给我啊！令我大受打击。

现在有了网络，网友取代了笔友，聊天的快捷代替了阅读纸质文字时的慰藉。成为网友也是需要一点缘分的，或者说是，一点聊天技巧。许多人经过经典三问之后就直接say goodbye了，Who are you? Where are you? Are you a girl or boy? 同性直接pass掉，异性则继续聊下去，不过聊过之后下次上线时也就多半忘记曾经聊过了。

所以旺哥的网友就显得弥足珍贵，更重要的是，她是一个女生。

我们高中时几乎都拜读过痞子蔡的《第一次亲密接触》，他和H.O.T还有周杰伦就是我们高中时代的全部流行文化，因此心中大都有一个属于自己的轻舞飞扬。

旺哥总是在吃过晚饭，照例发表了一通抨击食堂饭菜的言论之后，就来到学校机房，打开QQ，和她聊天。她的网名叫作燃落，灿烂地燃烧，悄然地飘落，给人许多想象。旺哥说这名字很美，有种生如夏花之绚烂，死如秋叶之寂美的诗意，这个女孩，一定有着一双清澈灵动的眼睛和许多深藏的心事，也许还身患重病，对生活充满眷恋与热爱，向往着一份纯真的爱情，啊！

旺哥已经醉了。

我们对故事的发展充满期待，但这份期待却在旺哥与之见面之后，破碎了。

两个人约定的见面地点是市中心图书馆，多么浪漫又知性的地方，我们期待着晚上回来的旺哥带回一个精彩的故事。旺哥一如所料地在晚上回来了，带回的只有一句话："我那三十八块钱一份的红烧肉啊，我都没动过啊……"然后倒头便睡。

醒来之后，绝口不提任何事，并否认自己曾认识过一个叫燃落的网友。

看来这孩子受的伤不轻。

所以说，轻舞飞扬神马的，都是浮云啊，浮云。

四、金诚

从字面上看，金诚的意思似乎是如金子一般赤诚，但事实上，全然不是那么回事。

曾记否，寝室中。

手捧漫画的金诚突然拿起一块旺旺雪饼递给正在埋头看玄幻小说的旺哥，旺哥随口吃了，继续看玄幻。

金诚问："旺哥，旺不旺？"

旺哥一时没回过神，答道："旺！"

金诚又问，旺哥再答。如是者三，旺哥火了，大声道："你没听到啊？旺、旺、旺（汪）！"众人大悦。

旺哥明白过来之后二话不说，冲上其床铺。

金诚瘦得很，在寝室中一向只能欺负欺负小郭而已，而旺哥却是寝室中的地下老大，所以结果可想而知。身为名誉大哥的老大正在试图劝解，在桌子上埋头吃饭的小魏百忙之中不忘喊上几句加油，唯恐天下不乱。

而窗子那边的二哥依然在瞪着眼睛等泡面熟。

五、小郭与小魏

小郭是寝室中的老幺，唯一一个可以在排名上让我得到些许安慰的人，足球踢得很好。

◎踢足球的加加林

小郭球技高超，足球知识也颇丰富，但为人很谦虚，常说："哪里哪里，我的足球知识还停留在贝利和加林查的时代。"

有一次，他一激动，把边锋加林查说成了加加林，一向对足球没什么了解的小魏立刻说道："啊，我知道，加加林是上太空的第一人，原来他还是个踢球的，这真不知道。"小郭知道说走嘴了，于是补上："哦，也不经常踢，偶尔玩几下，所以你不知道。"

◎患难之交

在高中那会儿我们常抱怨考试的频繁和高强度，小测验每周一次，月考每月一次，期末考九科一天搞定，考完如同大病初愈，非鸡鸭鱼肉上网通宵不能恢复。而到了大学后我们才发现，抱怨早了，这里的期末考试如同资本主义经济危机，持续时间长，破坏范围广。

考试科目有时一天只有一科，甚至隔几天再考另一科，考完要差不多半个月，很折磨脆弱的神经。曾有位仁兄于教学楼顶仰天大呼有本事给爷来个痛快的……后边估计是二十年后又是条好汉之类的。考试期间，从寝室到食堂，从湖边到操场，随处可见备考看书的人。比如此刻风风火火赶到考场的小魏，刚才就在湖边背得起劲。

距离开考还有几分钟时间，小魏正闭目养神，一副胸有成竹的样子。小郭则正襟危坐，右手正在施展学子必备技能——转笔。

旁边的议论声不时传过来：“喂，准备得怎么样了？”

“嗯，还行吧。”

“我怕挂啊，怎么办？”

大学里考试不及格不叫不及格，而叫挂科，这个称呼比较好玩，很有点戏谑、玩笑的味道。据系里某考据帝说，挂科一词乃出自古代文学《竹取物语》，指考试时将写有自己名字的竹牌挂到考场内，意思是已通过上一级考试，有资格参加本次考试。但我总觉得不太可靠，《竹取物语》毕竟是日本文学啊。而且如果这是真的，那以后考试前不要拜孔子了，是不是应该拜下辉夜姬……好吧，想多了。

当广告词乱入之后就更好玩了。有改编自好迪的：“你挂我也挂，大家挂，才是真的挂。”改编自特步和李宁的：“挂科，非一般的感觉。”“一切皆有可挂。”还有改编自盖中盖的：“这人啊，一上大学就挂科，过去一年一科地挂，麻烦！现在好了，有了新挂中挂高挂片，一挂顶过去五挂。高压挂，水果味，一次挂五科，不费劲儿！效果不错还实惠。”诸如此类，也不知是由谁最先想出来的，高手在民间，不得不佩服一下。

并更有甚者，用以改编《六国论》，其文曰：

挂科论

六科破灭，非笔不利，纸不善，弊在座位。位差而力亏，破灭之道也。或曰：五科互挂，率位差耶？曰：不抄者以抄者丧。盖失强援，不能独完。故曰：弊在位差也。

君以自写之外，小则选择，大则证明。较君之自写，与抄袭而得者，其实百倍；老师之所抓，与君之自投，其实亦百倍。则君之所大欲，师之所大患，故不在抄矣。思厥学姐，曝霜露，斩荆棘，以有几题之利。尔等视之不甚惜，自投罗网，如弃草芥。高数抓几个，代数抓几个，然后赴教导处训之。回班再看，而抄者又至矣。然则抄题之人有限，老师之欲无厌，抄之弥繁，抓之愈急。故不抄则强弱胜负已判矣。至于补考，理固宜然。古人云："以抄为主，以蒙为辅，蒙抄结合，肯定及格。"此言差矣。

英语未尝抄袭，终继四科迁灭，何哉？自写而不抄袭也。英语既丧，语文亦不免矣。开学之初，始有远略，能守及格，义不抄袭。是故逃课虽繁而后学也，斯恐补考之效也。至考试以抄袭为计，始速祸焉。高数尝五战于室，五败而零胜。后击高数再，信心连却之。自微观以失败，宏观又失意，惜其看书而不终也。然体育处五科革灭殆尽之际，可谓体力孤危，战败而亡，诚不得已。向使考前各爱其科，求爱勿附于人，逛街不行，决心犹在，则胜负之数，及格之理，当与教授相较，或未易量。

悲夫！以抄袭之心，盖平时之努力，以求抄之心，靠班上之奇才，并力考场，则吾恐看之也不清晰也。呜呼！有如此之闲，而为补考积戚之所劫，日怕月怕，以趋于亡。为学者无使为积威之所劫哉！

夫大学与中学皆学习，其势弱于中学，而犹有可以不抄而过之之势。苟以大学之大，下而从学长破亡之故事，是又在学长下矣。

境界不同凡响，叹服叹服。

考试进行到一半的时候，小郭准备展开地下活动了。此子先观察了一下监考老师，该老师姓高，乃中文系四大名捕之一，深恨考试作弊，抓学生挂科绝不手软。江湖传说曾有人卷面答了59分，去求他高抬贵手，添一分，让及格算了。那个学生口才似滔滔江水连绵不绝，赌咒发誓声情并茂感人肺腑。高老先生在他说话时一言不发，笑呵呵地喝着茶水看着，等他说完后把手一挥，只说了两个字："出去！"然后那人就"挂"了，因此被他逮到可不是好玩的。

小郭眼观六路，耳听八方，小心把握时机，趁高老回身的时候把一个纸团抛到了小魏桌上。小魏一愣，随即会意，奋笔疾书，将自己的答案写了上去，因为考的是文学史所以只能写要点，不然一定吐血，然后潇潇洒洒地就把纸团扔了回去。这一扔恰好在高老回头的一瞬间，时间和方位拿捏得刚刚好，颇具高手风范。高老沉着脸向小郭走过来，小魏见状毫无诚意地叹了口气，低头继续答卷。

眼看十万火急，小郭突然急中生智，展开纸团捂到嘴上，一阵狂咳猛嗽，面红耳赤，涕泗横流，然后把纸揉成一团扔入纸篓。高老对着纸篓运了半天气，终于还是没有勇气捡出来打开看看，狠狠瞪了小郭一眼，回到座位。

小郭佩服了自己一番之后，放弃求助，开始运用历史悠久的传统答题方法——猜。对于选择题，小郭左手平放在桌子上，五指张开，右手执笔在左手手指之间依次点过，一面闭上眼睛，忽然睁开，笔停在哪个空位，按事先编订好的ABCD顺序，就选哪个。从上面看，小郭很像是神仙附体或者神经病发作。对于简答和论述，小郭正在发愁之际，突然一个纸团不偏不倚落在桌上，转头一看，小魏对自己点了点头。如此短的时间之内小魏竟然可以将答案连写两次，果然有文不加点倚马可待之才。

展开之后也来不及细看，忙抄录上去，在考试时间结束前，终于完成，看着写满字的卷子，成就感油然而生。

走出考场，小郭带着一脸的崇拜问小魏："怎么能在这么短的时间内将答案又写一遍呢？"

小魏随口应道："这有什么难的，都是些听熟了的歌。"

"哦，就是，都是些熟悉的题，熟能生巧嘛。"

然后两人愉快地走向食堂，这期间，小郭隐隐觉得好像什么地方不太对劲，但一见了饭菜，也就忘记了。

按照小魏的答法，如果出题的老师想开开玩笑，凑巧问你小说《祝福》的歌者是谁，答曰张学友，老师阅卷时觉得此子创意无限，给个及格也说不定。

但事实上是，小郭与小魏真的都及格了。事后，两人结拜为患难之交。

所以从那以后，我的人生观改变了。

六、室长浩哥

某日浩哥理发过后，步行回寝室，前边有两女生亦是刚剪完发，边走边谈。

“看看怎么样？”

“唉，姑娘你，为何剪去你的长发，可知一寸青丝、一寸相思？”

“去你的吧，下面是不是待我长发及腰，你就来娶我啊？”

“哎，说实话，到了夏天长发真是麻烦。别人说看着头发被剪掉时很心痛，相比起来我就好冷血哦，自己都经常拿着剪刀在头发上乱剪。”

“还好啦，你在哪里剪的啊？”

一个浩哥连听都没听过的名字。

“啊，我知道那里，我也常去的，那里边有个人好帅的，特别像东方神起中的一个。”

“就是就是，韩国偶像都好帅的，比如……”

两人于是谈起偶像，不知过了多久。

“是么，哎，对了，你看过他主演的那个韩剧么，超感人的。”

“看过看过，那里面女主角的衣服都好贵哦，你知道吗，在巴黎服装展上……”

两人于是谈起服装，亦不知过了多久。

“那里面的那个女主角还代言过很多化妆品呢，你用过她代言的那款护肤霜吗？”

于是两人谈起化妆品，再不知过了多久。

“同学说听到小孩叫她阿姨时心里那个凉啊，怕是自己老了。其实我挺喜欢别人叫我阿姨的，至少是变成熟了，而且有个二十岁的帅哥都叫我阿姨呢，我都听习惯了。”

于是两人谈起年龄，之后……

“这个秋天，一定要去打耳洞，不能再怕痛拖下去了。经过几次的犹豫终于明白，女孩儿为了变漂亮，不付出血的代价是不行的。”

“没错，支持你，到时我陪你去！”

不知不觉间，浩哥已尾随俩女生走了很远，当发觉已经错过寝室太多时，赶忙打道回府。

回到寝室，我看了看：“哎，浩哥剪头了？”

浩哥：“怎么样？”

二哥：“真丑。”

浩哥：“去死。”

对话结束。

所以说，男女有别的。

打打闹闹，时光在留恋中老去，许多点滴，就这样无声地变成了回忆。现在的我，在遥远的南方，坐在电脑前敲下这篇文字，不知道曾经的室友们，你们都在做些什么，正在为了生活而忙碌着吗？那些打打闹闹的日子，你们可还记得？

花开过没有痕迹

有这样一种美丽的说法，每个女孩子都是一种花的转生，给人间带来芬芳，当她逝去的时候，如花瓣落入泥土，为大地留下最后一缕余香，嗅过的人，再也难忘。

我想，阿苏也是吧。

一、北方的雪

北方的冬季，叶子凋尽，毫无生机的枯藤老树总会在不经意间扑入眼帘，那萧疏的枝干在碧蓝如洗的天空和冬日暖阳的映衬下，反而有种油画般的美丽。街上人群熙攘，车辆川流不息，但在这万物萧索的季节里，心中还是会不由自主地漫起孤单，不禁感叹草木无情，有时飘零。

悄然中，一片雪花飘落肩头，带来一份莫名的欣喜，从稀稀落落到漫天飞扬，一场大雪如期而至。在北方，雪是常客，平常到甚至让人忘记了要好好去欣赏这最美的风景。

高中时，阿苏并不喜欢冬天，尽管下雪的时候可以堆雪人、打雪仗，可是短暂的乐趣不能冲淡要忍耐一季寒冷的厌倦。她常常看着在路边快乐戏雪的孩子想，不知道远处是否也有个怕冷的女孩和自己一样，躲在屋里窥望着他们，为着悠长的冬季而烦恼。

如今，她远离家乡，来到陌生的南方读书，追求心中晶莹的理想。这里的冬季亦有寒意，但很少看到漫天的飞雪，总好像一年中少了一个季节，有时雪花会飘进梦里，引动思乡的情愫。

她思念着北方的雪，也渴望能在这里邂逅一份纯洁的爱。

雪霁天晴，视野里蔓延的素皑让一切都归于平静，从前的突兀也不过是白色世界里的波澜不惊，心是否也会沉静成雪原？她想起一部很老的电影，镜头下，女主角行走在空旷的雪地里，然后躺在雪中闭目凝思，回忆死去的恋人。思念已经像白雪一样，占据了她的世界，纯粹的雪国也许最接近恋人的天堂。

雪落无痕，不要让它知道我们寄予它如此丰富深沉的情感，让它依旧轻盈、飘逸……

二、假如有个妹妹

阿苏成为二哥妹妹的过程，可算有一点传奇色彩。

听二哥说，他家里乃清一色的五虎上将，童年时打打闹闹，在一路尘土飞扬中过去，倒也不嫌寂寞。

树上的知了叫了又停，停了又叫，叶子也绿了又黄，黄了又绿，年龄渐长。二哥一日街上闲逛，忽见一仁兄手牵一妙龄少女，该女孩生得玲珑剔透，万般的惹人怜爱。那位仁兄与之谈笑风生，旁若无人，引得行人纷纷侧目，有人上前问之，答曰：舍妹也。

众人欣羡不已。

午后的阳光透过稀疏的叶子洒落在身上，暖暖的很舒服，二哥突然间很希望能有一个妹妹。

假如有个妹妹，就可以名正言顺地和她抢电视节目，然后在她泪珠潸然欲下的时候，潇洒地把遥控器递过去。

假如有个妹妹，就可以和她一起坐在冬日午后的暖阳下，看屋檐上的冰凌慢慢融化，或是冲一杯清茶，静静地读书，任由阳光在身上打转。

假如有个妹妹，就可以一脸认真地问她，嗨，你喜欢勃拉姆斯吗？

假如有个妹妹，就可以一脸深沉地对她说，兄弟姐妹原是天上的雪花，并不认识，落到地上，结成冰，化成水，就再也分不开了。

假如有个妹妹……

这样的假设列出来，少说也有十多条。带着这样的愿望，在一次迎新晚会中，二哥遇见了阿苏。晚会不能没有歌曲，而二哥的嗓子除了吼几句摇滚之外，对别的歌曲类型一概敬而远之，所以二哥当起了主持人。不过惯于嬉笑怒骂的二哥的风头全被阿苏的一首*Far Away From Home*抢走，她清亮的嗓音与歌曲明快的节奏一下子就吸引了众人，歌词更是引起新生们的强烈共鸣，一曲终了，掌声雷动。

晚会结束后，二哥作为负责人留下来打扫，阿苏也在，看着一个个陆续出去的背影，阿苏突然叹了口气说：“这么多高高大大的男生，竟没有一个可以做哥哥的。”

二哥一愣："有个哥哥有什么好的？"

阿苏莞尔："可以撒撒娇嘛。"

是不是在女孩的心中，也都有这样一个愿望，如果有个哥哥，就可以肆无忌惮地和他斗嘴，哭泣时安心地等他来安慰？

二哥也笑了，洒脱地说："告诉我你的名字吧，我当你的哥哥。"

阿苏想了一会儿，拿过一支笔，刷刷点点写了几行字，然后略带得意地说："和你打个哑谜，你猜得出我的名字，我就认你作哥哥。"

那几行字是"园中花，化成灰，夕阳一点已西坠；无心思，焉有泪，秋日萤火各自飞"。二哥将它拿回寝室，在群众智慧的参与下，顺利猜出是个繁体的"苏"字，吃惊不小，与大文豪苏东坡先生同姓，怪不得如此了得。

我们就这样认识了音乐系的阿苏姑娘，以后的日子里，多了一个妹妹。

三、最初的梦想

春天的风吹开盛夏的花朵，花朵等待着秋天的红叶，直到红叶褪去思念，变成洁白的雪，一年就这样过去。

不知不觉大二就要结束了，仿佛不经意间就打翻了流年，每个人都在为自己的未来而忙碌着。

"生命是什么？"面对一脸严肃发问的二哥，我很是莫名其妙。

二哥十分喜欢希斯·莱杰在《蝙蝠侠：黑暗骑士》中演绎的小丑，疯狂背后是深深的悲哀。影片中他说自己是一条追逐公共汽车的狗，追上了，却不知道该做些什么。如今，天堂中，他还会继续饰演小王吗？二哥不知道，就像他不知道自己该做什么一样，所以他很羡慕阿苏。

音乐系的阿苏，会用白皙纤长的手指一遍遍演绎着肖邦的夜曲；会坐在明亮的书桌前用心分析着乐理，那五线谱上的音符如同赋予它们温度的阳光一样温暖。她想考取中央音乐学院，那里，有她的音乐梦想。而此刻，她正坐在校园广场的草地上，微凉的晨曦中，看鸽子踱着悠闲的脚步，倾听阳光在广场上谱写和弦，它们为角落里作画的少女送去灵感。

草地上静静伫立着一尊贝多芬的胸像雕塑。

每次看到他，阿苏都充满敬意。如果不是他脸上那如雕刻般的皱纹的提醒，你不会注意到苦难曾驻足过这里；如果不是那充满愤怒与抗争的眼神对往昔的讲述，你不会知道曾经有铁与血的嘶吼打破过他生命里的静谧；如果不是有他的提示，你不会懂得《命运交响曲》的开头重音中蕴含着多么大的勇气。他似乎是在微笑，又似乎是在叹息。

生命是什么？阿苏曾这样问过二哥。二哥想了许久，终究还是摇了摇头，说能告诉我答案吗？阿苏笑而不语，摇了摇手指，说提示是一本书，然后转身离去。一头漆黑的长发随着她轻盈的步子来回摆动，夏天的风吹过发丝，仿佛能闻到洗发水的清香，是淡淡阳光的味道。

多年以后，当我看到罗曼·罗兰所著的《约翰·克里斯朵夫》时，找到了答案：

“生命，”奥里维再三说着，“生命，什么叫作生命？”

“一场悲剧，”克里斯朵夫回答，“往前冲吧！”

往前冲吧！

哦，阿苏……

四、自习室外的丁香

为了更好地看书复习迎接考试，阿苏想去图书馆上自习，那里安静，气氛又好，可是座位少，她总等不到。所谓朋友有难，两肋插刀，而妹妹有难，就是插朋友两刀也是可以考虑的，我们当仁不让，自告奋勇轮流去占座。

占座其实也是一件很好玩的事，不过先前我并没有体会到其中乐趣，还曾在黑板留了六句话，与占座的诸位开个玩笑，其中“既曰此座有红颜，焉知之前无青衫”乃我得意之句，不料对方反响巨大，第二天居然有人回了我八句话，可见对方也不乏幽默细胞。

去图书馆占座要早起，在狼多肉少的环境下，大家互相比早。每每于睡眼蒙眬之时挣扎一番，抓得床板吱吱作响，然后揽衣起床，一切都在黑暗中进行，神不知，鬼不觉，时常令我有做贼的错觉。来到寝室门口，门多半是没开的，于是开始恳求看门大爷，诸如大爷开门吧我等吃饭上课自习占座实在不易大爷你为人民服务一颗红心献给党伟大祖国万寿无疆吾辈感激之情如滔滔江水连绵不绝死当结草生当衔环来世为牛马等等，中间连标点符号都不用一个，大爷往往听到一半就扛不住了，为得清静立刻开门。

步至门外，但见天上晨星寂寥，地上人烟稀少，遂兴致高涨，快步急走，身后偶有一两女生亦作急走之态，然力不能胜，殊不为惧也。至馆前，见二三子徘徊于此，甚喜，乃入占位。少顷，天愈亮而人愈多，门不见开，于是群情激奋，踢门砸窗，叱天骂海，门卫忍耐不住，只得开门。门少启，众皆蜂拥而入，一路狂奔上楼。途中见一少女，以手抚颈，不胜其苦，想是不慎被撞，余深怜之。冲入自习室后，大家各展才华，小垫、水瓶、书本扔什么的都有，占座处处，至此，才算结束。

后来，由于我占座从不失手，便发展到了为阿苏同寝室的三位女生一起占座。每次下自习回来，领着一队娘子军，倒也蔚为壮观。记得发奖学金那天我请客，下自习后她们冲到冷饮店，二话不说，伸手就拿，吓得老板以为遇到了抢劫的，我忙说我付款我付款。

去上自习多半是在晚饭后，天色已晚，远处华灯初上，万家灯火，有一种人间的温暖闪烁在其中。读书读得倦了，看看这些灯火，心中便会自然想起冰心女士笔下的那盏小桔灯，一灯如豆，亦暖人心。

窗外，图书馆的四周种着许多不知名的丁香，繁繁的，碎碎的，甚是好看，花色素雅，香气清淡，窗外夜风习习，时逢花开，则一室皆香。

阿苏坐在临窗的位置上，手执书卷，安静地记着。窗外几许疏枝横斜头上，点缀着窗中的风景也点缀着阿苏，不知是花因人而愈显清秀，还是人因花而倍加淡雅。其他人散坐各处，或倚或站，或坐或靠，各自静读着。

夕阳给每个人都洒下一束柔光。

安详的校园上空回响着主持人甜美的声音，广播站正在播放音乐剧《海的女儿》：“小美人鱼找到了他的王子，一切都很好。”嗯，也许是刚播完的故事的结尾吧，不过，是的，一切都很好。

五、那个女孩

考试渐近，压力很大，阿苏病了，连续几天没有来上课。

我们决定去看她。

在病房外面，见到了她的母亲，那是一个看起来很忧郁的女人，并不怎么说话，只冲我们点了点头。我们推门进去，见阿苏正安静地坐在床上，捧着一本书，头发流苏般的垂在肩上，好像落入凡间的天使。

她没想到我们会来，显得很惊喜，我们围着她坐下，开始悠悠地聊天。

“我们家和隔壁的浅仓家有三个同年出生的小孩，我们一直相亲相爱，直到有一天发现，三个人当中有一个是女生……”阿苏俏皮地模仿起一段熟悉动漫的人一定都很熟悉的开场白。

她说自己并不是很喜欢动漫，却唯独喜欢安达充的这部《棒球英豪》，尽管一直到现在她也仍然不明白什么是三振出局，什么是全垒打，又或是安打。其实，当初之所以迷恋上这部动画，只是因为它的另一个名字——《邻家女孩》。

她说高中时自己的房间中有一扇临街的窗，清晨，同龄女孩们从窗子下面经过去上学，阳光把温暖送给她的同时也把她们银铃般的笑声送入耳朵。她用双手托着尖尖的下巴，目光随着她们活泼的身影一起消失在马路尽头。

她喜欢清晨，阳光从法国梧桐高高的叶子间穿过，开心地追逐着漂浮在空气里的尘埃，偶尔用彩虹般的语言和花瓣上的露珠打个招呼。她想，那些女孩踩到脚下的落叶时，一定听不到落叶发出的轻微叹息，叹息她们淘气，又美丽。深深呼吸一口带有清晨所特有凉意的空气，丝丝清凉如薄荷般沁入心田，清爽，微苦，混合着甜蜜。这样的生活多好啊，就像一首干净单纯的校园民谣，似乎拥有某种质感，微一碰触，就散落满地怀旧的味道。

也曾无数次地想象着和那些女孩一起走过那条路，可是不行，她要背乐谱，练钢琴。阿苏的手指纤长灵动，做音乐教师的妈妈说阿苏天生就是来做音乐家的。在童年，她的记忆里就充满着五线谱上的小蝌蚪，它们游啊游，在梦里也不休息。阿苏弹琴时的样子很好看，手指在黑白相间的琴键上灵动地跳跃，宛如起舞的精灵。可是没人知道，她常常要在手上绑着沉重的铅块，为了练习悬腕；常常独自一整天被锁在空旷的琴房中，为了练习不被打扰。

有时，她会在墙上涂鸦出许多小动物，然后把这里想象成梅特林克《青鸟》中的花园，对小猪说你不要一天到晚只知道吃和睡，要有理想，争取做一只会飞的猪；她告诉蟋蟀如何像帕瓦罗蒂一样唱歌，劝小蝙蝠去读读卡夫卡……然后就哭了，她知道妈妈爱她，知道自己喜欢音乐，可她觉得太孤单了，怕自己会坚持不下去。多少次，一个人在琴房中累了，倦了，渴望交谈，希冀安慰时，却只有孤单这忠实的朋友陪伴着自己。直到她听见Michael的歌：*You Are Not Alone*。她永远忘不了第一次听见那样一种声音，那么温柔、却狂乱，那么纯净、却嘶喊，那么对立的感觉竟可以统一在一个人的声音中，抚慰着自己的孤单。从那天起，Michael就一直陪伴着她。他让音乐，成为一个女孩想用全部幸福去追寻的彼岸。

我们静静地听着，阿苏眉毛弯得很好看，浅浅地笑着。

就这样一直聊啊聊，聊安妮宝贝的小说，聊周杰伦的歌，聊没有尽头的成长与未来。

我们走的时候已是黄昏，阿苏妈妈送我们走了很远，回去的时候，她说真的谢谢你们，谢谢。

我仿佛看见路旁花树烂漫，偶尔会有几片花瓣，轻轻飘落，但那花树繁华依然，仿佛花瓣从未离开过。

六、雪落无痕

阿苏今天很开心，因为正是现场报名的日子。

操场上站满了心怀梦想的人，陪伴阿苏一起来的二哥不禁有点酸楚，不知道这些梦想，最后有多少能够实现?

附近有个快客店，二哥和阿苏进去要了一杯奶茶边喝边等待着。冬日里的阳光真好，有种特别的温暖，店里的人都是来报名参加考试的，尽管素不相识，却彼此微笑。阿苏向一个很阳光的男生轻轻说了声嗨。

店中放着一支很好听的曲子，那是她第一次听到，她不知道歌的名字，但它真好听。

下午报名时前排一个女生忍不住哭了，阿苏劝她别紧张，报名时就这样，那考试时怎么办呢？她不说话，只是摇摇头，依旧在哭。

二哥觉得，也许她不是紧张才哭的。

当阿苏报完名走出来时，已是华灯初上，正值一座城市最美的时刻。

她和二哥并肩走在繁华的街头，身旁川流不息的车辆与远处的灯火汇成一条河流，模糊着生活与幸福的界限，城市中平凡甚至庸俗的小市民那简单而温馨的生活让她感动，生活真好。

她爱这万家灯火，她喜欢这样一种景色：人们形色匆匆，行走其间，为了生活而奔波忙碌，你和我都置身其中；人群中有千万张模糊的脸，只有你清晰起来；你的身边流过霓虹，流过灯火，流过喧闹与斑驳，可是你却站在那里，孤单如昨。

四周霓虹闪烁，忽然，一片雪花悄然落到肩头，宛如一个精灵划破淡淡的思绪，让生活在南方很少看到雪花的人们惊喜不已。阿苏伸手接住一枚雪花，她目不转睛地看着在手心里融化消失掉的雪花说，要怎样，才能留住它？

二哥轻轻握住她冰凉的手，说雪化了，明年依旧会有新的雪落下，我们不必非要留住它，对不对？阿苏虚弱地笑了，然后晕倒在二哥的身上。

又一片雪花，从阿苏的脸颊飘过，落入泥土，悄然不见。

七、花开过

学校里正在举办募捐晚会，小郭告诉我这是为了一个女孩，她病了，治不好的那种，而那个女孩并不知道这一切，笑着告诉来看她的同学，等她病好了，就回去和他们一起参加考试。我问他那个女孩是谁，他说他也只是听说，并不知道。

晚会的热闹与它的目的有些矛盾，每个单位在投完捐款后都会顺便做一下广告，然后是精彩的歌舞，恍惚间我以为自己也许真的是来看晚会的。

第二天晚上二哥回来了，告诉我们，那个女孩，是阿苏。

我从来没有那么近地靠近过死亡与悲伤，也从来没有如此强烈地感到过茫然与无助。我们每天忙着追逐，几乎忘记了周围的世界，忘记了去思考和感受，更忘记了死亡，仿佛那一直是件很遥远，很不真切的事。

那晚我们坐了很久，在黑暗中感受着寒冷。

二哥告诉我，与阿苏同寝室的三个姐妹在阿苏生日的那天收到了三件衣服，是阿苏母亲寄的，很漂亮，还有贺卡，然后每个人都在电话中唱歌给她听。

我知道，那位母亲将她们当成了自己的女儿。

窗外杨树的叶子开始凋落，不知不觉中就不见了。我有时会看着纷飞的落叶发呆，人的生命也如这飘零的黄叶一般脆弱吗？那我们每天辛苦地生活着，又是为了什么呢？

今冬的玫瑰格外娇艳，仿佛一直等待着装点今年的情人节。

小郭正在包装一束玫瑰，二哥问他买花来做什么。“今天是情人节，用来送女孩子的。”小郭一边继续包装一边漫不经心地回答着。二哥走到窗口，窗外轻轻飘落的雨丝在城市上空编织成一张细细密密的网，温柔地洒落在恋人们的肩上，融化在他们亲昵的低声絮语里。今天，许多人都很幸福，那么是不是也有许多人会更加孤单？二哥跑到街上去买下一大束玫瑰，然后叫我陪他一起去探望阿苏。

病房中依旧很安静，阿苏也依旧如往常一样靠坐在床头看书，当她看到二哥手中那一大捧玫瑰时，有些发愣。

“今天是情人节啊。”二哥尽量学着小郭一样漫不经心的语气，而阿苏依然愣愣地望着那束花。二哥把花插进一直静静站在窗台上的花瓶中，它们热烈地绽放着对生活的热爱。

“好看吗？”

“嗯，好看。”阿苏轻声应着，然后便不再说话。

过了好一会，她忽然对二哥说：“给我讲个故事好吗？我想听《海的女儿》。”

“好啊。从前，在大海的深处住着一条小美人鱼，有一次她偶然间救了落入海中的王子，并爱上了英俊的王子。她想到陆地上去找他，可是她只有尾巴，不能走路。她就找到海中的巫师，巫师说可以帮她，但变成人后，她不能说话，每走一步都会感觉像走在刀子上面一样，可小美人鱼最后还是同意了，于是……”

二哥突然不再说话，阿苏便问：“于是最后，她见到了那个王子？”

“是的，见到了，在国王举行的舞会上。”

“我想他们最后一定生活在了一起。”

“对，最后，像许多童话的结尾一样，他们幸福地生活在了一起。”

阿苏低眉瞧着地面，长长的睫毛在微微颤动，“那么，他其实是喜欢她的，对不对？”她清澈的眸子中倒映出玫瑰花瓣的颜色。

二哥微微愣了一下，然后很认真地说：“对，其实他一直都很喜欢！”

“那为什么不告诉她呢？”阿苏的眼睛变得晶莹剔透。

二哥想说……可他一个字也说不出来，也许就这样只过了一刻，也许已过了很久。

忽然，推门声打断了这一切，走进来一位老人，他须发皆白，脸上的皱纹刻录着岁月的沧桑，手中捧着一盆兰花，向一旁的病床走去，那里躺着一个面容安详的妇人。阿苏告诉我们，她昨天刚刚做完手术，他的先生就是那位每天都带着一盆花来看她的老人。两位老人斜倚着靠在一起，两颗鬓发苍苍的头相依相偎着，喃喃着不知说些什么。不多时，夫人睡着了，老先生嘴里轻轻哼着一首不知名的曲子，舒缓而优美，或许那是他们年轻时共同喜欢的曲子吧。

阿苏出神地看着他们，轻轻地说：“生活真好……”

窗外无风，不知名的花朵悄然绽放。

八、我只是去占个座位

从那以后我就很少去看她了，只有二哥依旧每周都去。

临近毕业的我忙碌于现实中的一切，去参加一场又一场重要或不重要的考试，去等待一次又一次没有结果的结果。我知道这样的自己很可恨，但再也没有去过图书馆，再也没有占过座。

那里的丁香不知怎样了，它们还开着吗？

我开始渐渐忘记她，忘记那个明眸皓齿的女孩，但生活总是这样，在你开始忘记的时候就会来提醒你，提醒你不要忘记那些在我们周围绽放后又重新归于大地的生命。

二哥回来了，我已经记不清多久没看到他了，他要我陪他出去走走。暮色中，我们走在开满丁香的校园里。他告诉我，阿苏已经走了，带着那些美丽的愿望，带着那场未完成的考试，安详而甜美。他还告诉我，其实阿苏后来已经知道自己的病了，她偷看过自己的病历，但她一直没有说，只是微笑，直到最后。

二哥递给我一张淡紫色的信笺，我轻轻打开它：

小美人鱼最终变成了泡沫，

消失在太阳升起的一刻，

这才是故事真正的结局，你骗了我，对不对？

其实，她知道自己喜欢过，被爱过，这就足够了。

现在，我只是去占个座位，

就像你们常为我做的那样。

只是，

这回不在图书馆，

在天堂。

那么，再见了……

——阿苏

熟悉的字迹缓缓划过心头，弥漫起层层忧伤的涟漪。

校园依旧，歌声依旧，你的目光飘远，你的身影如昨，我追寻着天空中的飞鸟，看到了云层后，那朦胧的初阳。

每个女孩子都是花的转生对吗？在最美的年华中绽放，渴望阳光，希冀晨露。凋落时，悄然无痕；见过的人，永远难忘。

只是阿苏，花开的时候，你在哪里呢？

卷三 长歌韵行

两个人的图书馆

一、图书馆

许多年以后，当南迁的候鸟再一次飞过城市上空，当苏秦再一次看到站在阳光下浅笑着的笑南时，他一定会想起初入大学时趴在图书馆中自习室睡觉的那个午后。

博尔赫斯说："我心里一直都在暗暗设想，天堂应该是图书馆的模样。"

图书馆永远是大学中最难忘的地方，在你还没有见到它之前，心中也和博尔赫斯一样，已暗暗描画了它的样子：它应该绿树环绕，宁静清凉，常春藤爬满围墙，走进它就如同走入岁月深处的宝藏。又或者，它应该高大宏伟，有着庄严大气的多立克式石柱与哥特式穹顶，里面寄居着大师的灵魂与思想。然后你终于见到它了，如果它符合你的想象，你会涌起故人相逢般的喜悦；如果它不在你期望之中，你会如游子般失落。然而无论你怀着怎样的心情，当你走进它时，你都忘记了，你会惊讶着轻叹一声，啊。

一排又一排书架构成幽深的走廊，泛黄的书页散发着独特的气息。这种气息混合着漂浮在你身边，需要透过从书架间隙游逸而出的阳光才能看到的尘埃的味道，与这本书所记录的那个距你很遥远的时代的味道。这种味道包围着你，引诱着你一步步走入历史深处。然后转个身，文学、艺术、政治、历史、军事、科技、自然、数学……每一种学科都足以让你为之穷尽一生心智，每一种情感都让你深陷其中玩味良久，每一种思想都深邃无比。你像一个乞丐突然发现了富可敌国的宝藏，你仿佛久居溪边而今终于看到了沧海的模样，你惊讶于人类文明的成果是如此的浩如烟海。

“谁如果锁住茫茫大海千百年的惊涛骇浪，使之像酣睡的婴儿一样悄无声息，那么，这静穆的海浪可谓图书馆最贴切的比喻。图书馆里，语言是静寂的，流水是凝滞的，人类不朽的性灵之光，被乌黑字母的链子捆绑，投入纸页的大牢。无法预料他们什么时候举行暴动，打破死寂，焚毁字母的栅栏……图书馆里也仿佛围堵着人心的江河。”

你在想起泰戈尔的话的同时也感慨着自己的渺小。

突然，你涌起一份冲动，你对自己说我要读完这里全部的书，可随即你就想起了庄子千年前的喟叹：“吾生也有涯，而知也无涯。以有涯随无涯，殆已。”于是你恨自己为什么不像爱因斯坦一样聪明，于是你理解了浮士德为什么要和魔鬼订下契约。

学校的图书馆并不很大，建筑设计也没有刻意追求某种特色，四四方方的一块。也许设计者的初衷是想让学子们联想起翻开的书本一类，无奈饱受食堂摧残的学子们的想象能力早已与食物分不开了。在同学们的谈论中图书馆很像一块切好的方糕或者豆腐，顶部种植的绿化植物恰好就是葱花香菜之类的调味品。不过这倒很符合书籍是人类的食粮这一进步论点。

想到这里，苏秦不禁想笑。

图书馆对面有一人工湖与一座小山，人工湖周围植有垂柳，山上建有钟楼，从图书馆中宽大的落地窗远眺过去，湖水波平如镜，晨钟清韵悠然。

二、格瓦拉是谁

苏秦座位后的墙壁上挂有一张海报，下课了常有女孩们围过来看，叽叽喳喳感叹一阵“好帅”之后，却都不知道是谁。苏秦被吵得烦了，索性溜出去透透气，外面天空一蓝如洗，阳光暖暖地扑到身上，让人越发慵懒起来。

“青春是干净的纯白，像一片绿地的窗外。”他没来由地想起Jay的歌。等他回去时，海报下已经只剩一个女孩，她刚好转过头，浅浅一笑，说：“我知道，这个人是格瓦拉。”

“嗯？难道不是卡斯特罗吗？”苏秦当他是卡斯特罗已经好几年了。

女孩无奈地叹了口气，不再理会他。

这个午后的阳光格外温暖，窗外有风拂过柳梢，岁月静好。

就这样，苏秦认识了笑南。

她问："你怎么跑到我们数学系来上自习？"

他答："因为喜欢我的人太多了，来这里躲躲，你呢？"

她半开玩笑地回答："正相反，喜欢我的人太少了，来这里找找。"

然后便不再说话，埋起头来看书。

她很聪慧，却并不好看。她能轻易解开复杂的圆锥曲线习题，可锦绣年华却不予她青春女孩应有的曲线；徐迟说哥德巴赫猜想如同思维的牡丹，可这样的牡丹却给予不了她想要的美丽；杨贵妃生在唐代是位美女，若是投生在如今，只怕也难逃众人的白眼。

三、笑南日记

熟悉之后，苏秦便常常跑到数学系陪着笑南一起上自习，偶尔也听听公开课，因为如同天书般，只好放弃，埋头认真抄写本专业的文学史笔记，可却被教授误认为勤奋好学，并被指定为课代表，笑南为此乐不可支。

苏秦一直以为神经强悍得如同冬天里百折不挠的老苇草的她，对高跟鞋该是不屑一顾的，直到他看到那本日记。

那一次，她接到通知去开会，匆忙离开，一个精美的本子便如同被遗忘的孩子般孤零零地留在了角落里。苏秦一面在心中告诫自己偷看别人日记是不道德的，一面安慰自己偶尔看一下也是没关系的，鬼使神差般地拿过本子，悄悄打开。

纸张干净、纯白，娟秀的字迹让人仿佛可以感到当初笔尖于纸上滑动时所携带的温暖：

六月十五日，天晴，日光长，衣裳薄。

进入大学这么久，终于买下一双漂亮的高跟鞋。

高中时看着年轻的英语老师穿着纤巧的高跟鞋来上课，鞋跟击地的声音好像音乐。也曾幻想着一个人流浪在午夜，用纤巧的高跟鞋清脆地敲打地面，异乡的月光如有雾时的阳光一样，照耀着陌生的街道与楼房，还有在夜里也开放着的丁香。

曾经迷恋平底鞋的我，现在终于也有了属于自己的一双高跟鞋。淡紫色是我最喜欢的颜色，因为它也是我最爱的花——勿忘我的颜色，两条平行的鞋带上是华丽的水钻，旁边是同样深紫缎面的蝴蝶结。

可就是这双我很喜爱的高跟鞋，在买下后的第二天便再也没有穿过，放在盒子里，静静地躺了一年。

再华丽的高跟鞋，再漂亮的高跟鞋，如果不适合我，那么即使它如同公主一样高贵，我也依然无法穿上它起舞。

可是却想起一句话：即使没有高跟鞋，没有英俊的王子，我们也依然可以做自己的公主。

也是从这时才知道，其实在各种奖学金和鲜花的背后，她也如最平凡的女孩一样，渴望能够穿起秀气的高跟鞋，有人喜欢，步步生莲，走过恋人温柔的眼帘。

这样的你，想必该倚剑天外，红尘中心事翩翩。

而我呢，结庐草堂一间，等候你倦极归来，静静而眠。

图书馆的顶楼是电影厅，笑南很喜欢那里，常常在傍晚的时候去看一场或精彩或平淡的电影，一个人。开影院的老板人很好，每当笑南忘记带钱时，他总笑着说那就下次一起带来吧。

所以她常常照顾老板的生意。

七月三日，阴，小雨，等彩虹。

《甜蜜蜜》这部电影很早就听说过，非常有名气，却没有看过，今天放映的就是它。

本来有些累，不想继续看的，却听到坐在旁边的女生对同伴说："外边下雨了，很大，我只带了一把伞怎么办啊？"声音细细的，很娇弱。我也没有带伞，看来老天都要我看这部电影。

在黑白色调中，黎明穿着笨重的棉袄走下火车，来到香港。在之前的漫长旅途中，他头靠着窗睡得很沉。镜头中，他的背后也有一个人以同样的姿势靠窗熟睡，两个人的头挨得很近，可不仔细看，不会留意到这个人。

黎明以一个外来者的身份来到香港，唯一的亲人就是他的姑妈，是一个幸福的女子。影片从始至终，她都在等一个人，她叫他威廉，是电影明星。她说他曾带她到半岛吃过饭，那是她最开心的日子。那时的她，年轻，漂亮。

现在的她，让人无法知道她是否曾经也美丽过，简陋房子中的她也有自己的男人，或者不是。

在很琐碎的生活中，她活在自己的梦里，痴痴看着墙上威廉的照片。其实也许并没有威廉这个人，没有她说的那些事，这些只是她一个美丽的幻想。可看着她微笑的表情，依然觉得她很幸福。

后来，她去世了，留给黎明的东西据她说是自己最宝贵的。黎明打开来看，原来是一些餐具，威廉真的带她去半岛吃过饭，她偷偷拿回了那些餐具，看着它们，就回忆起了从前。

那时的她，真的很好看。

她知道，自己和威廉是不可能、不现实的。有了这一次半岛之行，已经足够。于是就离开，在等待中老去，留给威廉的，永远是最美的自己。而威廉在她心中，也不会老吧。

影片的最后，又出现开头的那个黑白镜头，被忽视的、与黎明只隔一个椅背的那个人逐渐占据镜头，转过头来，是的，是张曼玉。同样是黑白调子，可是如果你读过张爱玲，读过她笔下那句：“嗨，原来你也在这里。”那么此时的感觉就是这样。

在一种温暖中，电影结束，我离场，而外边，雨也停了。

印象最深的一句台词来自张曼玉口中：我想每天睁开眼都可以看到你。

我是不是也会遇到这样的一个人?

我没有倾城的容貌，没有窈窕的身影，我喜欢漫不经心地走，走着走着，转弯处，别样的风景映入眼帘。

我喜欢人群中最轻微的相遇与擦肩而过，多年后，也许还记得那陌生的面孔。

我喜欢不期而遇的见面，没有约定，也没有要求，自然而然的见面。嗨，原来你也在这里。

我……

笑南放下笔，抬头一看才发现寝室的人都早已睡熟，夜很深了。

在午夜，心会变得很柔软。

她忽然觉得自己莫名其妙地难受，想哭。

她又拿起笔，写下一个名字，然后轻轻地说："晚安啊。"

笑南的日记里，第一次出现苏秦的名字。

四、情怀伤

系里刚刚发布通知，在大三这一学年中，本校学生可以申请进行跨校选课，要出省，去北方，到国内最好的师范大学学习。为想考研的同学提供一个机会，去那里复习一年，然后参加考试。笑南并没有犹豫，很快就报了名。继续求学，继续深造，这是她一直以来的追求。

晚自习前大礼堂放映《2012》，看完后大家互相打趣，她也想问问苏秦，如果明天真是世界末日，那今天你要做什么？却发现他没有来看电影。

苏秦没有报名。

高中时他坐在最后一排，和一票同学嬉笑怒骂，好不快活。老师说他糟蹋自己的聪明，你这样下去考不上大学就后悔了。他指着前边刻苦得一塌糊涂的同学答道，我要是像他们那样，考不上会更后悔的。老师欲哭无泪。

毕业时和同学喝了许多酒，躺在草地上胡言乱语，阳光混合着青草香，我们就这样，告别了过往。

到了大学，依然故我，可是考研，他从没想过。

云上自习的时候天色已晚，远处华灯初上，万家灯火，有一种人间的温暖闪烁其中。读书读得倦了，看看这些灯火，心中总会自然想起冰心女士笔下的那盏小桔灯。这份美，只有在追求理想途中偶尔疲倦时才能发现，它唯追求者所有。可惜这份美，我已不能陪你一起共享了，女孩，一路顺风啊。

偶尔，已远在北国的她会发封E-mail过来，和他聊那里的生活，一些人和事，虽然都那么无关紧要，他却很开心。

她说这里很好，真的。

后来，联系便少了，许是复习紧张吧。

直到北方有雪飘落，让从小生长在南方，从未见过雪花的她兴奋莫名，便给苏秦发她在雪中拍的照片，雪花映衬下，她倒好看了些。他这才记起，快到平安夜了，于是打开电脑准备写一封贺卡给她。坐在空白的屏幕前推敲了半天措辞，只打出一句放之四海而皆准的客套话：你最近过得怎么样？

倘若贾岛泉下有知，想必会被气得从九泉跑到一泉来也说不定。

她很快便回复说，这里的冬天很冷，但雪花很美。

她说备研的日子很辛苦，可偶尔也很有趣。

她说现在自己喜欢听莫文蔚的《电台情歌》，戒掉了韩剧，也不再看言情小说，休息时会读张爱玲的小说。

她问苏秦为什么大家称张爱玲是“临水照花人”却又不说她美？

他回答说那是因为张爱玲真的并不好看。他还想说其实他也正在学校这边准备着研究生考试；图书馆中的自习座位依然很少，窗外的丁香开得依旧很繁盛；贝克汉姆又换新发型了，还是很酷；他想说你一个人在外要保重身体，多加小心，若是害怕就给我打电话，我随叫随到。可是不能说，于是就把贺卡发过去，只说一句祝你圣诞快乐。

好一会儿，她才回复，她说苏秦，其实我不快乐。

她在那里，遇见沈平。

沈平是高干子弟，喜欢迪奥香水，身上穿的衣服来自半个地球。经常说起他在新加坡的哥哥、澳洲的表妹，经常说北京多么多么好……讨厌不漂亮的女孩，他说她俗气，漫不经心地将她的一纸心事扔进纸篓。

苏秦不明白，那么高傲的她这次怎么就中了魔障，看不破，走不出呢？

她回，遇到他，她变得很低很低，低到尘埃里，但她心里是喜欢的，从尘埃里开出花来。苏秦知道，那是张爱玲在送给胡兰成的照片上写下的话。

她真的变得很低，却依旧换不来他的一点怜惜。

距离考试已只有三个月，她的状态开始变坏。

记忆力减退，整天神情恍惚，头发也开始脱落，她反反复复地听着《电台情歌》，可偌大的城市中却找不到一个电台能够转播她的忧伤。

她把所有心事藏在心底，有时发短信给苏秦，只说这里又下雪了，雪花很美。

她问苏秦，怎样可以变得美丽？我愿折损来生寿元，只为换得今生无悔。二十二岁，正是如花年纪，同龄女孩穿什么都好看，她却只能素面朝天，熬过一季，苍老三载。其实不过是萍水相逢，明明知道一年以后就会各奔天涯，又为何苦苦执着？

朋友们怜惜她，说笑南我们不考了，我们回家。

她摇摇头，说不行，来都来了，一定要考。

忘川只是传说中的地方，人间不曾有过，一切的烦恼忧伤，都只能靠自己振作。她重新拾起书本，每天去自习，读温暖的书，看几米的漫画，不再听莫文蔚。

她闭上眼，把自己的大脑想象成电脑桌面，最后一次检索存储在其中的记忆文档，然后把它们统统放进回收站。她开始回忆，校园附近的学人书店，那里环境优雅，只要点上一杯咖啡就可以坐到书店打烊。从左边起，第三个书架旁，她第一次遇见沈平的地方……

按下确定键，阳光刺痛了双眼。

五、蝴蝶飞过沧海

二月，全国研究生入学考试如期举行。

那天没有阳光，是北方很常见的一个冬季早晨，萧疏，寒冷。

两天考试，顺利度过。

走出考场的那一刻她给苏秦发短信，问他：雪莱的诗中说，如果冬天来了，春天还会远吗？ 从数学逻辑上说这是必然的，可是生活中呢？冬天过去，真的会有一个温暖的春天来到吗？

苏秦回她：寂寂无人看，悠悠风雪寒。寒凝春越暖，花香满人间！是啊，我的女孩，生活中的严冬已过，愿你此后人生，春光处处，花香满地。

她微微抽泣起来，这么久以来第一次开心地哭，放肆又张扬。

她的心事，原来一直都有人懂。

她说谢谢，谢谢，谢谢你，不断地重复，就像做错事的孩子。

六月，石榴花播撒出醉人的清香，提醒学子们珍惜这最后的校园时光。

成绩出来了，笑南并没有考取第一志愿，尽管她那么聪慧，可那段感情折磨得她精疲力竭，灵气不在。她选择服从调剂，依旧留在了北方。她所不知道的是，此刻苏秦正在打点行囊，准备前往她的城市学习建筑设计。他考得非常好，前来祝贺的人都说天道酬勤啊，只有他心中明白，真正让他如此努力的是什么。

那年阳光明媚，他们彼此都整理好行装，准备开始一段新的旅程。

开学后，她开通了QQ空间，时常会贴些文字到上面。苏秦经常过去浏览，从字里行间体味着她在新学校中的心情起落，偶尔也会留言，说一些不着边际的话。

有人说考研就是一次炼狱，熬过去，就重生了。这说法有些夸张，但她却真的慢慢变得好看起来，过去那段日子里在书本与情感的双重折磨下，她不知不觉中消瘦了许多许多。她在空间里说自己是塞翁失马，看似自我解嘲的语气背后，有一缕淡淡的苦涩。

她又重新保养起头发，它们变得又长又直，挽一缕缠绕在指间，像个俏皮的精灵。

渐渐地，她会拍一些照片传到空间去，穿样式简洁的长裙，淡紫色系带高跟凉鞋，浅浅而笑。也许依然算不上美丽，但却再不会有人说她难看、俗气。

也有人开始半开玩笑半认真地留言，说美女啊美女。

苏秦也留言，说蝴蝶终于飞过了沧海。

第二天她更新日志，说看到一则留言，然后一不小心就哭了。

他都明白。

如何让你遇见我，在我最美丽的时刻。

可是生活中，我们却总是在最美的年华里错过，留下一些深深浅浅的脚印，踩在心上最柔软的地方。

北方的晴空来得尤为湛蓝与明朗，但起初还是有点不适应这里的风和干燥。校园的清晨，安静中夹杂着些许清冷。

办理入学手续，拜见导师，选择课程然后开始上课，一月的时光，还未觉察，便已然匆匆而逝。有过惆怅，有过不安，有过彷徨，最终还是安静下来。或许是自己已经老了吧，都由黄蓉变成李莫愁了，不知以后会不会再升级为灭绝师太呢？笑南想想就觉得蛮有趣的。新的环境并没有带给自己太大的惊喜。幻想过人生种种别的可能，只是当下却是最真实的，也是最好的季节。

笑南的宿舍，是她所喜欢的。

窗外有一排高大的白杨树，树上有个喜鹊窝，每个清晨准时唱响它的欢歌。树下一排栅栏上有楼管阿姨种的扁豆，已经染成了一片鲜亮的紫；当然还有花盆里种的青椒也抹上了明朗的红。纱窗外树影婆娑，草木葳蕤。时而秋雨滴答，滋润了干燥的空气，丝丝秋凉沁入了纱窗。碎金阳光洒在她的一方书桌上，方寸之地，别有洞天。窗台突然跳上了一只花猫，安静地蹲在那儿，倒别有一番韵味。

幽窗书闭指犹凉，杯盏茶闲烟尚绿。

此时此刻，最好的季节。

任时光安闲流淌，我轻嗅那岁月的芬芳。

读研、写论文、答辩、找工作，好一阵兵荒马乱。最后签到本市一所国家级研究院，次年初春上班，之前有三个月假期，笑南毫不犹豫地买下一张机票，飞往英国，去看雪莱。一个月后，苏秦收到一张来自遥远的泰晤士河的明信片，上面写着：我看到了。冬天过后，春天不会远。

一旁同事说这两句之间没有逻辑联系啊，苏秦说走，我请你吃饭，同事说吃饭和明信片之间更是没有任何逻辑联系啊，苏秦笑而不答。最后同事还是很高兴地去做了这件没有逻辑联系的事情。

所以，生活不需要逻辑，只需要爱。

六、灯火阑珊处

苏秦和笑南都在这座城市定居了，偶尔会一起出去逛逛书市，或者看场电影。

日子若就这般波澜不惊地过去，倒也安静闲适。

可惜她又遇到了沈平，沈平说自己这次是专程来找她的，已经找了很久，就要放弃想要离开的时候却突然邂逅，他说这是缘分未了。

她问苏秦，我该怎么办？

苏秦在电话中默不作声，半晌，最后说我送你一本书吧。

那是一本封面古雅、王国维著写的《人间词话》，他用红笔画下一个句子：众里寻他千百度，蓦然回首，那人却在，灯火阑珊处。

他希望她看到，希望她懂。

几日后，城市里迎来第一场降雪，她打电话过来，让他去公园看雪。苏秦赶到公园时，她正一个人坐在长椅上，看着自己的手心发呆。他走过去，她依旧目不转睛地看着在手心里融化消失掉的雪花说，要怎样才能留住一片雪花？

他轻轻握住她冰凉的手，说，雪化了，明年依旧会有新的雪花落下，我们不必非要留住它，对不对？

她不说话，回忆如细沙一样穿过身体。

大三那年，她一个人来到这个城市复习备研。晚上，城市里灯火烂漫，人流如织，可对于自己，这座城市是陌生的，对于这座城市，她也是陌生的。她喜欢跑到校外不远的学人书店去看书，那里环境优雅，舒适自在。数不清的书，静静阅读的人，不知名的音乐，就让身子陷在沙发中，让心情随着手中的书肆意想象。

从左边起，第三个书架旁，她遇见沈平的地方……

她够不到一本书，是他轻轻递到她身旁，于是很自然地聊起天来。

她说自己最喜欢午后温暖的阳光洒在身上，在宿舍楼的阳台上，一个人看着楼下人来人往。

听听音乐，喝着家里自酿的葡萄酒，甜极了。困了，就和着阳光的味道入睡。

漫步在校园中，拿着相机随意拍照，没有任何思虑，看晚霞的颜色，记录那转瞬即逝的美丽。

周末回家，听爸妈唠叨，爸妈明明很想自己却说学校有事可以不回来，然后一大早去菜市场买来自己最喜欢吃的菜。

午后陪老妈晒太阳，看着她额头的皱纹深了，可还是觉得她很美。

她说现在明明知道时间很宝贵，却还是忍不住读了些《我愿意活在宋朝》这样的闲书，后悔一日光阴又浪费了，却又屡犯不改。

她说……

这些温暖的回忆，到底该不该忘记？

那晚苏秦送笑南回到家之后，很长的时间里再也没有见过她，她就像融化在手心里的雪花一样消失了。

日子还是会继续，很快就过完了旧历新年，在冬日午后暖阳的笼罩下，屋檐上的冰凌开始慢慢融化，滴滴答答唱起迎春曲。

当苏秦再一次看到站在他办公室外，在阳光下浅笑着的笑南时，南迁的候鸟正再一次飞过城市上空。他想起初入大学时趴在图书馆中自习室睡觉的那个午后。

那个午后，是属于他与她的，两个人的图书馆。

再见Michael

Michael Jackson，我永远不会忘记初次听见你歌声的那一天。

一个阳光明朗的夏天，窗外树叶绿得微微发亮，简单凌乱的高中宿舍里，几个刚满十七岁的少年正边听卡带边兴致勃勃地讨论着自己喜欢的偶像和他们的歌。

他们奇怪罗大佑的歌词中，“知了在声声叫着夏天”这是一个病句啊，语文老师说动宾搭配要合理，知了肯定不能叫着夏天。周杰伦的《双截棍》只有节奏没旋律到底算不算歌啊？尽管没有一点乐理常识，却依然可以讨论得热火朝天。听着我们这些无知者无畏的言论，只有一个男生的脸上挂着不屑与骄傲。

他拿出一盘卡带，说你们听听这个吧。封面上的你穿着黑色九分裤和闪闪发光的夹克，镶满水钻的手套，黑色软呢礼帽的下檐似乎压得过低而遮住了你的眼睛，但这些丝毫不影响你那经典的舞蹈造型所释放出的魅力。

伴随着卡带沙沙的转动声，我听见那样一种声音：时而温柔，时而凄厉，时而如低语，时而如呐喊，纯净又狂乱，这些对立而矛盾的形容词居然可以统一在一个人的声音中，在年少的自己看来，简直不可思议。英语很差劲的我虽然不知道你在唱些什么，也不知道你要表达些什么，可仿佛有一种特殊的魅力，让人为节奏所吸引，一遍又一遍。

你真酷，我向室友打听你的名字，你的名字和你本人一样闪亮。

那年，你在屏幕上演绎着*Billie Jean*，用滑步在舞台上制造着视觉震撼；我17岁，是一个成绩普通的高中生，为高考而努力。

每天的生活除了上课与自习便再无其他事的我们，对外面世界的变化格外关注，一点点的新闻都会令我们激动半天。所以当我们从爱讲时事的年轻历史老师那里听到，美国警察再一次无故殴打黑人，引发了人们的大规模抗议时，我们也躁动不安起来，虽然那距离我们很远。

种族歧视，社会不公，人们心中潜伏的怒火已经被点燃，这愤怒需要代言，他们的呐喊渴求回应，人们沉默了太久，几乎已经忘记了自由的权利，现在他们需要呼号。

谁来唱出这控诉的最强音？

我知道如果是你，面对这种不公的时候一定不会沉默，不仅仅为了被歧视的同胞，更为了那些被侮辱与被损害的灵魂。而且你本人，也曾因为种族歧视而受到深深的伤害，那时的你不就曾发出愤怒的声音吗？Beat me！ Hate me！You can never break me！Will me！Thrill me！You can never kill me！

那时的你，声音没有了往日的温柔，充满着蓄势待发的怒吼，毫无掩饰地宣泄着自己的愤怒，配合短促强烈有如子弹般的节奏，将每一个词句打进人们的心头——They don't really care about us！你对现实深深不解，对未来希望渺茫，期望着罗斯福和马丁·路德·金这样的人物再次出现。不断地重复着"All I wanna say is that，they don't really care about us"，这首最大胆的作品显然不会成为排行榜上的宠儿，但它是我心目中最好的经典。

这首歌的MV被禁播，可什么样的锁链能禁锢住思想？

那年，你依然是被全世界崇拜的superstar，我刚刚进入大学，一切都很新鲜，在迎新晚会中模仿你的舞蹈。

你广为传唱的作品很多，*Dangerous*，*Black or White*，*You Are Not Alone*，一首又一首的经典歌曲接连问世，你早早地迎来了自己演唱事业的全面辉煌。我从不怀疑你会无法突破之前的自己，你总是能颠覆人们对你的认知。

我非常喜欢你早期的一支MV。第一次看时，我惊异于这世上竟有人能创作出*Smooth Criminal*这样酷劲十足的作品。一枚在空中不断翻滚着准确无误掉入点唱机中的硬币打破了狂欢前的寂静，戏剧性十足的开头。镜头下，你的每一个动作都那么干脆利落，充满爆发力，原地六周转一气呵成，45度角反重力倾斜充满想象力，至今仍然令人叫绝。

那些年，你站在世界之巅歌唱，是毫无争议的流行音乐之王。我为了理想，在图书馆中安静地自习，黄昏时分，在充满绿荫的甬道上奔忙。

然后，然后，是关于你换肤和恋童的丑闻。

在*Black or White*的歌词中，你唱道：我不想，只是作为一个有色人度过我的一生。这可能只是一句涵义很简单的歌词，但因为出自你的口中，便饱受争议。其实你早就被诊断为先天性白癜风，但在媒体的炒作下，人们给出了几乎一致的猜测：你进行了皮肤漂白术或全身植皮。尽管你曾公开做过解释，这是家族里的一种遗传病，由于黑色素大量流失，为防止皮肤晒伤，你每次出门都只能将自己包裹得严严实实。然而人们不愿意相信，因为这无法娱乐大众。

还有恋童案。最初的那次指控，失望的你选择了庭外和解，支付了对方想要的钱。十年后，你的脆弱再次被别有用心的人利用，虽然这次，法院最终还了你清白，但谎言的伤害已经太深。毕竟你那么疼爱那些天真的孩子，他们卑劣的父母却以最恶劣的诽谤攻击你，而更令人难过的是，似乎全世界的人都更愿意相信那些恶，而忘记了那么多年来你所有的善。你心力交瘁，离开了自己的梦幻庄园，离开了美国，再也不和孩子们玩耍。

我起初并不相信这些传言，可太多不辨真假的报道让我动摇迷惑，我不知道该不该再听你的歌。面对这一切，你只是对歌迷们说，你们要相信我，我爱你们。没有麦克风修饰的声音，依然是如此的纯净、温柔。直到你去世后，一段迟来的录音坦白让所有曾经唾弃你的人都感到震惊、愧疚并且愤怒。

“我从来没有想到自己的谎言会毁掉迈克尔的生活，现在我再也不能亲口告诉他我有多么悔恨，也无法请求他的原谅了。”

我想起郁达夫悼念鲁迅先生的话，一个没有天才的民族是可怜的，一个有了天才却不知爱戴的民族是更可悲的。原来这样的悲剧，不分国界与时间，一直在上演。

如果没有发生这一切，现在的你，将会怎样?

离开那年，你没有新歌，或许有，但我不知道。而我，即将毕业，忙碌于现实中愿意或不愿意的一切。

2009年6月25日，我多想从记忆中抹去这个时间，多希望死神之镰忘记了收割。铺天盖地的新闻都是关于你的报道，Michael Jackson去世，享年50岁。

在知天命的年龄，你是否真的看透了这个世界?

你的容貌变化了许多，难看，甚至有些令人害怕。想起你全盛时期的样子，我很难过，你有家族遗传的白癜风，看来上帝的确不会让人十全十美。

你走了，就那样毫无征兆。有人说从此天堂有了太空步，有人说也许是上帝想看他跳舞了，这说法很诗意，可依然抵消不过你的离去所带来的悲伤。我也曾和无数人一样期待着，期待你重回舞台，听到你的歌，回到过往，回到那最好的时光中去。

不久前你还在伦敦召开新闻发布会，依旧是一个干净利落的Michael式转身，依旧是那样热烈欢迎你的歌迷。你说这是最后的演唱会，这一次真的是最后的谢幕了，名字就叫“This Is It”。然后你跳下舞台，情不自禁地一边用手击打着节奏，一边在口中重复着演唱会的名字：This Is It！This Is It！所有在场的歌迷和你一起高喊：This Is It！朋友们说这名字多么霸气，也许只有你的演唱会才会取这样的名字。

演唱会的门票四百万张，在很短的时间内被抢购一空，你知道后说，想不到还有这么多人喜欢我的歌。是的，虽然时代在改变，出现了许多更时尚、更酷的明星，但依旧还是有很多人喜欢听你的歌。我和他们一样，多想再一次看到你站在绚丽的舞台上演唱那些经典曲目，把我们带回过往。然而就像做梦一样，谁也没有想到，在即将演出的前夕，你走了，没有人会想到，就那么突然，仿佛一切都不再与你有关了，是不是每个喜欢你的人都会不甘心地问，为什么会这样？为什么？

未及启幕，已成绝唱。

“生活很艰难，有许多的无常，我们都想找到一些可以相信的东西，值得去追求的东西。”这是一位已经确定为你伴舞的舞者在纪录片“This Is It”开头中说的一句话。

这些日子以来，我几乎跑遍了城里所有熟悉的音像商店，终于找到记录着你最后声音的音乐录影带。“This Is It”的彩排片段经过剪辑之后，以纪录片的形式在影院上映并发行了DVD。看过之后，反而加深了每个人的遗憾，如果能够演出，这将是一场怎样气势恢宏、精彩绝伦的演唱会？

关于你的荣誉与成就的评价，已经泛滥，我也没有更新的词汇来形容。

有人把你视作这个时代的贝多芬，有人觉得你还配不上，但你都不会再回应了。

我想起，高中时，罗曼·罗兰的《贝多芬传》是我最喜欢的贝多芬传记。我始终不能忘记他那些充满激情的叙述。双耳失聪的音乐大师，仅仅依靠钢琴键的震动来谱写华丽的乐章！使我感叹的不是大师坚忍不拔的毅力，而是命运的玩笑，最具鉴赏力的耳朵，却听不到自己呕心沥血的作品。

他是多么孤独。

如果他活到今天，看见你的表演，听到你的歌，会怎么想？许多人说他会不屑一顾，可我觉得，也许他会微笑，发自心底地微笑。

由他自己开创的浪漫主义，在你那里演绎得更为狂野奔放，更加自由。

你在太空中行走，在月亮上独舞，你的节奏点燃人们心中的热情，让他们暂时忘却现实的沉重，找回生活的勇气。

浪漫主义永远不会消失，因为人们，需要有梦。

那年，你五十岁，比贝多芬去世时年轻许多，是一位伟大的歌者、舞者。而我，是在你的照片前献上一束鲜花的普通祭奠者。

再见，Michael，在天堂，你要继续歌唱。

永远的H.O.T

H.O.T解散了。

其实很久以前就解散了，只是我每天忙着应对喧嚣生活中的一切，迎接一场又一场或重要或不重要的考试，早已忘记了他们。

今天是个雨天，雨下得并不算大，细细绵绵。

很多人并不喜欢雨天，哪里也不能去，天空阴得仿佛连心情也变得低沉起来，但我却很喜欢雨天，待在寝室里，隔着窗户看外边的雨。雨中，一切都变得沉静起来，树木仿佛有了灵性，却沉默不语，路上行走着的人们也与平时不同。寝室里会微微有些暗，这个时候阅读或是看电影，都会觉得温馨，外边的雨仿佛保护着这一角落里的秘密，又好像陪着你一起分享你的感觉。如果仔细听，沙沙的雨声宛若在和你交谈，它说的是什么，只有你才知道。一切的好时光都温良如丝。

窗中玻璃勾画出脸的轮廓，窗外雨水则把它渲染成一幅印象派的肖像画。我闭上眼，静静回想自己是从什么时候起开始喜欢上了H.O.T。

对了，那是在高中。

那时的周董还很年轻，青涩木讷的样子让人怎么也看不出隐藏在其中的巨星风采。那时的我们还习惯于听卡带，在一次英语课上，老师耐着性子听完课代表播放的一首《爱在西元前》后说，你们现在就喜欢听这种歌啊？是的，我们喜欢。尽管那时的我们很年轻，年轻得没有耐心等待一出折子戏的上演，也听不出京剧里百转千回的一声“啊”中蕴含的柔肠百结，还根本不懂什么Rap啊、蓝调啊、中国风啊之类的音乐，就连最简单的简谱也时常唱得参差不齐，却依旧可以面不改色地直唱到老师吐血为止。

在录音机刚热好身正准备播放下一首旋律明快的《简单爱》时，老师却提走了它，于是我只好向前排的一个同学借磁带。这位仁兄是文科班中少有的几个数学学得很好的人，老师调他去前排坐他偏不去，硬是要和我们一起坐在最后一排，在自习课时一起看漫画，读金庸古龙的小说。现在到了大学，我看到室友从图书馆借来武侠小说看，就摆出前辈的资格笑话他：这些我高中时就全读过了，你怎么才看啊。这位仁兄唯一学不好的科目是英语，每次考试总是刚刚及格，如果英语考得分数再高一点，他就可以排到很好的名次。最后他终于忍无可忍，悬梁刺股般地苦学英语，上课认真听讲，下课虚心请教，自习课上精研习题，从不间断，大家看到他这个样子，都认为从此以后他必是一代英语高手。

可事实是，从那以后他的英语就再没及过格。

他在书桌里翻了半天，最后才想起来今天根本就没带磁带，就让我向前排的一个女孩借。

那个女孩的名字很像男生，尽管也梳着男生式的短发，尽管入学时被错分在了男生寝室，但依旧是个美丽的女孩。她的文笔很好，全班同学乃至语文老师都非常欣赏她的文笔，每次语文卷子一发下来，她的作文都会被作为范文朗读。此刻的她正低着头，专心致志地做着习题，戴着一副精致耳塞的耳朵显得有点倔强，脸上是一种让人不敢轻易靠近的从容。

我有些不自然地走过去问她，有Jay的磁带吗？她摘下耳机，偏了偏头，从随身听中取出一盘磁带递给我说，听听他们的歌吧，也许你会喜欢。

那是我第一次听到H.O.T的歌，第一次知道班中的你。

我不懂韩语，也不喜欢他们的曲风，没有认真去听，第二天便去还给你。你问我喜欢吗，我说还可以，你笑笑，“我知道你不喜欢，可是我喜欢这样的音乐”。

不知为什么，你的声音变得很落寞。

那天是周末，下午没有课，教室里就只有我和你两个人。你说自己怎么也学不好物理和化学，很辛苦地做习题，一本一本地做，一道一道地做，可每次考试都不会及格。你很羡慕那些只用自己一半的时间去学，却可以拿两倍于自己分数的同学。

“我真羡慕他们啊，为什么我就学不好呢，每次模拟考试成绩出来，我都让父母伤心。考试前，他们连说话声音都放得很低，怕打扰我复习，我真不忍心看他们这样，可我尽力了啊，为什么就学不好呢？你说，为什么就学不好呢？”

你轻声哭了起来。

你会欣赏杜拉斯的《情人》，你写的文字清丽流转，你的理想是成为建筑设计师，可你没办法拿很好的分数，你也喜欢柔顺的长发，可你狠下心剪去每一次长起来的头发。

那个下午，温暖的阳光，一块写满公式的黑板，一瓶静静站在桌子上的可乐，还有一个总也学不好物理的女孩向我讲述着H.O.T。

外边的雨下起来，淅淅沥沥打在玻璃上，雨迹划出美丽的图案。

那年的五月，上海也下着仿佛今天一样的雨。

那天，我陪着你偷偷来到上海，年轻的我们是如此的大胆，抛却学校中愤怒的老师和家里面焦急的父母，独自在徐家汇一个美丽安静的教堂里，和一些年轻或即将不再年轻的陌生孩子一起，为一个永远年轻的生命祭奠。

你静静地站在一边，也许是一分钟，也许是一秒钟，被一种最纯粹的东西打动。当H.O.T在大屏幕中出现时，当他们和曾经站在同一个舞台上的友人见最后一面时，你问我说：“在那漆黑的墨镜和深色西服里包裹的会是怎样的心情，他们会不会抬起自己的手放在胸口，在阳光中确认自己还活着呢？”

我想我不知道。

然后我们走在两旁种有高大的法国梧桐的上海街道上。

你说你从小就是父母和朋友眼中的乖乖女；

你会填简单格律的宋词；

你从前有一头柔顺漆黑的长发，夏天的风吹过发丝，能闻到洗发水的清香，发丝拂过面颊，是淡淡阳光的味道；

你有一个崇拜你的好妹妹；

…………

你仿佛自言自语地诉说，暮色中灯火如烟花般在你身后洒落。

我静静看着你，仿佛看一段似曾相识的故事，平静，悠远，绵长，唱一首干净单纯的校园民谣，微一碰触，就散落满地怀旧的芳香。

愿时光，不老去。

那天我问你有关H.O.T所有的歌，我把歌名抄录在本上，然后花一整天的时间跑遍了市里所有的音像商店去找他们的歌。

原来他们可以用整段的手语和沉郁的舞蹈告诉挣扎在社会底层的人，要坚强地活下去。每次听到那首《城堡之外》，我都会想起陀思妥耶夫斯基的小说《被侮辱与被损害的》。他们赋予了流行音乐新的高度。

他们会为纪念韩国的独立日而高唱：“踏着先烈的血，我们站在这里。”

他们会为火灾中失去的无辜孩子而愤怒地撕喊：“I yah！”

他们会温柔地用歌声诉说喜欢与爱。

他们淋漓尽致地宣泄，他们的歌词与社会中的种种不公正针锋相对。

他们真酷。

窗外的雨已停，雨水洗过的叶子闪闪发亮。

不知不觉间就高三了，仿佛自己不经意间就打翻了流年。寝室对面有一排杨树，春天，树上长出新鲜的叶子；冬天，它们慢悠悠地落下，似乎只不过是一夜之间的事，然后就发现自己已经高三了。

高考前那段艰难的日子，每天看书到深夜，最喜欢*We Are The Future*那充满生命力的前奏和强劲的旋律。

新年晚会，我表演H.O.T的舞蹈，却怎么也学不像开场的动作，你笑，明媚。

六月，石榴花的香气还没有消散，你要去属于你的城市了，很远。

那么，再见了。

那个语文老师最喜欢的课代表；

那个戴着耳麦迈着轻快步伐上学的女孩；

那个有着淡淡书卷气、却学不好物理、在回家的路上数路灯的女孩；

那个……

这样的女孩，不见了……

现在，当我坐在师大图书馆中安静地自习时，时常会听到窗外传来飞鸟的鸣叫又或是知了的歌声。我总觉得这声音穿过高大明亮的玻璃窗，来到我的耳边，变成那时候那首没来得及播放的《简单爱》。

走到电脑前，打开播放器，点开曾经最喜欢的那首*We Are The Future*。

H.O.T解散了，阳光混合着青草香的少年岁月也过去了。

音乐声中，我对自己说，H.O.T forever。

头发的故事

春去春来匆匆，花开花谢无痕。

我和室友们坐在一起正看着电影。我们都很怀旧，聚精会神地看着电脑屏幕上又一群反派倒在英姿勃发的李连杰的拳脚之下，为虽然已经发福却仍旧风度翩翩的发哥赞叹不已。

正看得热闹，身旁的二哥突然说："哎？六少啊，你开始掉头发了吗？"

"是吗？哪里？"我略感惊讶，从前似乎还真没注意过。

"我告诉你，"寝室长浩哥用手在我的头上比画着，"这里，对，就这一片，头发变得好少啊。"

"怎么这么早就开始谢顶了呢？"

"六啊，是不是生活上有什么困难？组织上会给你解决的，你要相信人民相信党啊。"二哥语重心长地说。

我伸手轻轻摸了摸顶上的头发，是的，的确少了许多。是什么时候掉的呢？为何自己一直都不知道？我有点怀念从前，初中的时候头发长得多好啊，带有一点自然的黄色，阳光下闪闪发光，效果堪比烫染，虽说当时也不是很浓密。那时候郑伊健、陈小春也还年轻，正在电影中挥洒着热血与青春，男生寝室中到处都是古惑仔海报。那时的我也学别人一样留着郑伊健式的长发，长得几乎可以垂到下巴，还会故意在女生面前装作自然地做甩头动作，以为这样很酷，其实很傻。

头发大概在高三时就少了吧。

那时可真紧张，听说要分重点班，谁都不想被分入普通班中。在放假前，一个同学对我说终于放假了，回家以后电影频道、电视频道、凤凰卫视，一个都不能错过，哈哈。我淡淡一笑，心想自己恐怕什么都不能看了，除了书。那个假期很不容易，每晚都十一点过后才睡，一张书桌，一个闹钟，几盘磁带，度过了无数个夜晚。忙碌中，很少洗头，所谓洗也仅仅是用水冲冲而已，多半在那时头发就开始掉落了，就像过去的时光，后悔也追不回。

假期的苦功没有白费，我在开学初的考试中名次考得很好，得以进入重点班。

嗯，不对，其实头发，应该是在考研时掉落的，我努力回想着。

关于我决定考研的事情，传说是这样的。

下了晚自习回到寝室，大家已经都知道跨校选课的事了，于是二哥手拿矿泉水瓶充当麦克风提问道："六少啊，你去不去？"

"去。"

"那你考不考？"

"考。"

"现在就业形势很不乐观啊，考研不如先找工作，你说对不对？”

“对。”

“所以呢？”

“考。”

“多说一个字能累死你啊？”

“能。”

于是采访中断，我被众人按到床上一顿拳脚相加，众人爽过之后，采访继续。

“六啊，你对寝室各位兄弟有什么评价呢？”

“团结，勇敢，而且，战斗力很强。”

“很好，那么回到刚刚的，读完研做什么呢？”

“工作。”

“工作为了什么呢？”

“挣钱。”

“挣钱之后？”

“娶妻。”

“那以后干什么？主动交代，别老让哥问。”

“生子。”

“有了小孩以后打算让他干点什么？”

“考研。”

众人大怒，再次群殴，于是采访宣告结束。

但事情并没有结束，在几星期之后，校级杂志《先锋报》上刊出了二哥的一篇采访文章。文中写道："他的心中一直充满着激烈的、深刻的、戏剧性的矛盾与斗争：是献身到波澜壮阔的考研事业中去，还是默默忍受命运不公的毒箭，在招聘会上等待幸运之神的眷顾？他，我们的六少，毅然选择了前者，并郑重地对我说，这就是我，一个普普通通的共青团员（他还不够入党资格）所做出的抉择！（以下省略N多字）。"

据说此文曾拿下本年度的中文系最佳新闻奖，也曾激励鼓舞过无数后来的学弟学妹，最后成为传说……

不过我想说的是，以上记载，纯属虚构，如有雷同，实属巧合。

现在回想起那段日子，整整一年，依旧充满着说不清楚的情感，但终究，是感激与喜悦的。

那时每天都去大大的阶梯教室看书，我喜欢坐在后边靠窗的位子，然后开始静静地阅读英语，接着是阅读钱理群先生编写的《中国现代文学三十年》，最后读作品。不知不觉中，午饭时间到了。说来好玩，往往最大的动力来自于吃饭，边看边想什么时候可以吃饭呢？一想起食堂丰富的午餐就动力大增，疲惫的神经迅速亢奋。

午饭过后简单睡个觉，下午依旧。

喜欢午后的阳光，从窗口射进教室，丰沛又明媚。那角度是那样的自然，可以看见那些在光线中漂浮着的纤细尘埃。这画面总会让我想起一个遥远的电影镜头，用镜头承载的时光总是比文字更美妙。这样的午后，就该摊开一本书，随手放张碟片在电脑里，旁边是一杯香气袅袅的咖啡，如此，才不算随意浪费了。偷得浮生半日闲，半日安暖。

在这里备研的人几乎每人都有一个自己的专属座位。我发现一个女孩总是坐在前排中间的位置，她总是习惯于最后一个离开。当一天自习结束，自习室关闭时，她走出门口，常常忍不住回头看看空空如也的自习室。

在她身上，我仿佛看到了每个人孤独忙碌的身影。

或者，也不能说是孤独了，毕竟有很多一同努力的朋友。认识很久的，认识不久的，甚至刚刚认识几分钟的，大家彼此都称之为朋友。也许是因为有着一个共同理想的缘故吧，尽管这个理想许多人并不以为意，但正是它把我们联系在了一起。

正在经历着的相同日子让所有人变得更有默契，也许只是疲倦时从书堆中抬起头来的相视一笑，也许只是从别人脸上看到和自己一样的沉默与迷茫。安静的自习室，用过的厚厚稿纸，背书时面对的那面干净纯白的墙壁，无论结果如何，这些都是真正属于自己的日子，最终都会成为美好的回忆吧。就像一个垂暮的老人坐在夕阳下安静地回忆自己的初恋，很平静却依然会为它微笑叹息……

有时也会发生一些有趣的事，点缀在漫长的考研途中。

一次读书读得很倦，见对面墙壁洁白如雪，一时技痒，就用铅笔画了一幅山水在上边，画好之后心情大好，飘然而去。几日后再来一看，发现已被题诗数首，其一曰：见君山水图，疑是桂林景。又见画旁字，知君江南人。其二曰：别来三日春水生，桃枝成碧花欲明。莫道前路多坎坷，一江烟雨任平生。绝句、律诗、小令一应俱全，不禁叹服果乃中文学子也。

自习室外的走廊中有一台自动咖啡机，投币一元就出一杯咖啡。有一口渴同学苦于无币可投，便守在机器旁，每过一人就索要一元硬币。无奈连过数人，竟无一人施舍，而该同学索性死磕到底，搬了把椅子坐在咖啡机旁，并在机身贴上：咖啡味美，一元一杯。令人莞尔。

桌上不知是谁遗落一本杂志，我拿起来翻看。从中掉落一篇被剪裁下来的文章，《一生要遇到的四个人》，读过后收起来，独自微笑。

虽然在不断地学习，虽然已经烂熟到可以背诵书中任意章节，却总有不平静的涟漪。

时常觉得明天就是考试的日子，时常感觉前面的路途遥不可及，外界形形色色的诱惑也不时冲击着本来就剩余不多的印象。最为分心的事情莫过于找工作变得越来越紧张，各地各类的招聘会信息总在耳边萦绕。这时候，犹豫和徘徊不请自来，虽然经历了如此专注长久的复习，虽然对考试已经有了清晰的认知，可孔子尚且说过毋必毋我，谁敢说一定如何呢？如果幸运女神不站在自己这一边，如果有什么万一，如果既没有考取研究生，也错过了找工作的最佳时机，那将是怎样的一番心情？

不敢去想，又不能不去想。

没有朋友倾听，没有同学鼓励，只有自己。我开始怀疑自己的选择，想到放弃，但不舍，都已经走到这里了，怎么能回去？食堂中播放着范玮琪的歌——《最初的梦想》，同学说这歌唱的不就是我们吗？是的，就是我们，不能放弃，我用疯狂读书来让自己没时间去想。一天下来，就只跟食堂阿姨说句要什么菜之类的话，其余时间都成了哑巴。

考研辅导班开课了，我起得不算晚，很早就来到大礼堂门口，想占个靠前一点的位置以便上课听得清楚些。进去后才发现，礼堂一楼基本上已经全是人和书包了，黑压压的一片。不觉心里一动，咬了咬嘴唇——你没有一颗坚定的心，你在动摇。别人选择了考研就不再顾及其他，一心一意，舍我其谁，可你却还在犹豫着考研是否值得。

课间休息时，我与旁边一个女孩闲聊。

她半开玩笑地说自己不仅报了这里，还报了新东方的英语辅导班。其实并不是因为英语差，她的英语很好，只是她觉得要是不报的话，就有可能落后别人一截，所以图个心理安慰而已。我笑笑，大家互相吐了些苦水。我随口问她为什么想考研，她本来巧笑着的脸庞突然沉静了下来。

“我曾经有个爱好，是画画，常常会跑去旁听美术系的课。”我不知道她为什么突然这样说，不解地看着她。

“我喜欢背着画夹和他们一起去野外写生，他们喜欢画风景，而我喜欢画的是云朵。一朵一朵不同姿态的云，我觉得它们很美，用铅笔去做素描，或者用水彩来表现，都很迷人。”

当她把一朵朵云转移到纤长秀美的指尖下时，她宁静而快乐。放假了，她回到父母身边小住，和哥哥姐姐一大帮年轻人聚到一起，谈天说地，好不热闹。团圆的喜悦和新鲜也令她激动，听事业有成的长辈们讲述各自的发家史更让她觉得很有意思。当围坐在一起，把那些故事重复了许多次之后，大家的话题渐渐转移到她的身上，开始品评她的性格、思想、穿着举止……在和各自在国外读书或已经在公司就职的子女们比较过后，她的一切都被若有若无地贴上了失败的标签。

“他们很用心地帮我认清自己，也许是真的想为我好，可他们不知道，我更迷茫了。”笔在手中灵活地转动，她美丽的眼睛却看着空旷的远处。“他们帮我设计未来，规划人生。说你不要这样封闭自己，要多和人交流，拓展人脉，这是成功的必要因素。爱好也要改一改，你又不想成为画家，要培养一些大众化的爱好才合群。”

她本来有自己的安静生活，可现在，那片悠然的云朵被风吹走了，她不知道究竟是怎么了。

“我学习的专业是电子商务，一个到现在我都不太明白的专业。他们说未来五年后，会是电商的时代，所以我应该选择考研，既为自己积累能力，又是等待时机，一举两得。我没理由拒绝，是不是？”

我突然很想知道，天空中的云朵倒映在她清澈的眼睛中时，会是什么样子。

她不再说话，闭上眼睛，脸上的表情是一种连她自己也许都不知道的倔强。

“我不考了，找工作去。”

“什么？”我有些反应不过来。

没想到她在下次课间休息时就真的收拾起书包了，又重复了一次，说自己不想考了，很累，准备找工作去，找到工作就嫁人。

她笑着和我道别，诚挚地祝我考研顺利，然后就真的走了。

她的背影很漂亮，可也很落寞。

我还有句话徘徊在心中，很遗憾没能及时告诉她——天空中的云，它们有各自的方向；地上凝视着的人，只负责欣赏。

课程结束，我没有去教室看书，而是回到寝室，打开CD，极富生命力的舞曲充满房间——*VA-Psylove*，法国人帕斯卡尔·克雷曼的原创DJ音乐专辑。

我需要一些力量，我对自己说。

对于不懂音乐的我而言，好音乐的意思大概是：它足够真诚，比一句话、一本书，甚至一个人更懂得你，歌词不必繁复，但一定是你此刻最想表达的心情。

克雷曼的母亲身体不好，于是只好在怀孕期间使用药物来保胎，但副作用却是一个灾难，他一出生，就带有先天性残疾。

父亲为他安装了假肢，但这除了让他在镜子前无数次地想象自己长出双臂的样子以外，并不能带给他更多的东西。

他渴望像别人一样成长，并且独立，于是开始练习用双脚自理生活。看书、写字、打电子游戏、弹奏吉他和电子琴。日复一日，年复一年，他渐渐可以靠自己的双脚来生活了，甚至穿衣服和做饭也可以独立完成。

21岁时，他取得法律学位。

他早已经适应用脚看书写字的生活，从事法律服务行业对他来说并没有什么障碍，这份工作也很好。未来之路，似乎已经确定好了，如果不是因为偶然，当然，也很难说到底是偶然还是必然，接触到了

DJ音乐的话。

在他大学毕业前的校园音乐会上，一些玩DJ的同学用自己制作的音乐让整个音乐会高潮迭起。音符就在他们的指尖下跃动，人们跟随着他们的节奏起舞，那样的欢快，那样的热情。

那一刻，他无比神往。

那一刻，他决定要做一名DJ音乐人。

不顾家人的强烈反对，他放弃了之前所拥有的和即将拥有的一切。面对质问与诘责，克雷曼回答："我从不和别人比较，我只是要做我想做的事。"

我总是很坚决地认为，上帝若是赋予了你某种才能就一定不会浪费它，总会给你一个机会让你认识、醒悟，去展示。也许克雷曼真正的才能不是法律，而是音乐。

几年之后，他制作的DJ音乐胶片已经开始小规模地进入当地市场。在图卢兹，许多舞会和酒吧都开始使用他制作的DJ音乐。之后不久，他的作品进入法国著名DJ音乐人劳伦特·盖尼尔的视线，他随即找到了克雷曼，邀请他加入自己的音乐小组，并一起前往巴黎演出。

这是他期待已久的机会，然而，演出并不顺利。

在演出当晚，观众们因为他没有双臂而表示出强烈的不满，要求撤换。他站在舞台上，看着喧闹的人群，然后开口："我从不和别人比较。"

人们面面相觑，不明白这句话的意思，当人们安静下来后，他继续说："我没有双臂却能快乐地生活，因为我不和别人比较；我放弃法律专业走上音乐道路，也是因为我不和别人比较；现在，我来到这里演出，只是因为我喜爱DJ音乐。所以，请大家也不要拿我和别人比较！”

随后他的音乐和充满激情的表演征服了每一个人。全新的节奏，娴熟的技巧，充满创意的剪辑组合，整个会场沸腾了，一次又一次的掌声从舞台下响起！人们在尽情的舞蹈中向他投去赞赏的眼光，演出结束后，所有到场的人都对他说谢谢，谢谢你为我们带来这样一个美妙的夜晚。

现在，克雷曼已经是一位非常有影响力的DJ音乐人了，他的新专辑*VA-Psylove*在全球创下了近500万张的超高销售纪录，这在DJ音乐界是绝无仅有的。

属于我的星座，是一头勇敢的狮子，书中对狮子座是这样描述的：

一个充满阳光与能量的星座，热情，自信。内心善良，拥有正义感，重视原则。喜欢热闹，但也享受孤独。狮子座的人相信，只要自己完美和努力，幸福就在前方，更美好的未来一定在前方等待着！

对，这就是我要的力量，我也不需要和任何人比较，一定要坚持到底。

捧起一摞书，步履匆忙而坚定地奔向自习室。

无论何时，坚定的心总能帮我们在纷繁而又散乱的画面中找回自己。

考试前夕，告别我的头发最多。

先是失眠，还有不到一个月就考试，我开始失眠。晚上即使是有很小的一点声响也无法入睡，好不容易等到寝室人都睡着了，电脑也关了，可闹钟滴答滴答的声音又变得格外清晰，想下床把闹钟砸了，突然想起闹钟不是自己的。

听说劳累可以使人尽快入睡，于是我在床上做仰卧起坐，大约快一百个了，的确很累，可感官好像变得更灵敏了，居然可以听到外边水房的水流声。

不知道哪本混蛋杂志说失眠有十大危害，偏偏看过并全都记住了，于是更加担心，越是想睡着，就越发睡不着。若在平时，不睡就不睡，大不了学拗相公王安石先生彻夜读书，待困时方睡，不亦快哉。可现在还有不到一个月就是全国研究生考试，这样的状态怎么办？用拳头狠狠砸了几下头，有点晕，估计如果继续砸下去很可能是晕倒而不是睡倒。

跳下床，到走廊尽头的电视房看电视，电视却一片雪花。正好电视房空间很大，打了一套传说中的螳螂拳，汗是出了许多，但依旧很精神，或者说变得更精神。

痛苦不堪地回到寝室，悄无声息地爬上床，睁大眼睛看天花板，直到天亮。

起床后看到枕头上有许多脱落的头发，我无奈地叹口气。

第二天跑到校园内的音像店问有没有什么佛经催眠曲，本是无心一问，没想到老板热情回应，积极推荐，说是已经有很多女生来买过了，据反馈催眠效果很好。心中总算平衡一些，原来不仅自己失眠啊，不用问，她们也是考研的。买回去后我期待着夜晚降临，还别说，效果的确不错，不知是佛经真有平静心神的作用还是我的心理原因，总算可以睡一会儿了。

接着是对遗忘的恐惧。

中文系学子素以记忆力自诩，对于一般的诗词文章，读过两三次后就可以复述，连用词和风格都基本不差。可最近越复习越糟糕，背过多次的问题好像回头就忘了，尤其是词语，明明很熟悉，但就是想不起什么意思。我很害怕，担心某一天早晨起床后像某部电影中的主人公那样失去了语言或记忆能力，那可就热闹了。

为了检测自己的记忆力，我拿出金庸先生的小说开始阅读，然后复述，发现轻而易举，于是深恨为什么考研指定书目不是金庸先生写的。有了信心后我找一无人角落，平稳心神，摒除杂念，放慢速度，阅读了一遍词语与文章，再潜心复述，结果都复述出来了，顿时长出一口气。原来记忆能力还很好，只要不紧张。

平安夜，天空飘起星星小雪。

去食堂吃晚饭时，看见门口有几个颇为乖巧的学妹在卖包装好的平安果，见我一到，纷纷热情推销。我说我要先吃饭啊，她们说那好师兄，我们等你。于是我便进去吃饭，出来时发现她们正在踢着一只不知从哪里寻来的足球玩，居然真的等着我。见我出来立刻围上，含情脉脉地说师兄你看我们多真心啊，一直等着你的。此情此景，我如何不豪情万丈，结果就是我买下了学妹们所有的苹果，足有三十多个。怎么处理呢？孟子曰“独乐乐不如众乐乐”，索性自习室中的研友们每人分一个。

面对这意外之喜，大家竟然激动异常。生活中要是多一点这样的时刻多好。我也没想到一个简单的苹果会带给大家这么多，我们素不相识，可我们有一个共同的目标，所以我们是朋友。在这个别人都在享受生活的夜晚，我们依旧在为梦想而努力。

新的一年又到了，四季轮回，春华秋实，天道酬勤，可不要辜负了努力的人们啊。

从备研以来，我就不知道什么是假期了。今天是新年，走出校园，仿佛第一次感受到新年的氛围。不论白天还是晚上，离校园不远的桂林路总是那么热闹。各路小吃错落有致地排成一条香味四溢的步行街，商贩们无需吆喝，烤肉铁板发出的嗞嗞声与调味香料散布在空气中的诱人味道就是最好的招呼。

理发店里总有些时尚男女在修修剪剪。

街上的音乐虽然很吵，却是制造节日气氛的工具，必不可少。

洋溢在人们脸上的笑容那么简单直接，毫无掩饰，已经几个月没有这样的感觉了。

大家都跑到校外过节，校园里就显得冷清了许多，没有了五颜六色的背包和一张张年轻的脸在这里，校园变得很没生气。

途中经过运动场，发现运动场快修整好了，朱红色的塑胶跑道，碧绿色的人造草坪，远处的新宿舍楼和理化楼也都在建设中。虽然自己居住的寝室依然简陋，可还是很欣慰学校正一点点变得美丽起来。

可惜这样的条件自己多半享受不到了，无论考上与否，我都要告别它了。想到这里，突然发现原来自己对学校是那么留恋。读书的日子真好，没有烦恼，没有纷争，才会在平日里笑得那么明朗自然。

这些日子里头发去得义无反顾，毫不留恋。好吧，随它吧，我的心中已被冲刺前的兴奋和紧张所填满。

还有几天就考试了，这几天晚上，我不再去自习室，而是跑到校外的学人书店去看书。那里环境优雅，随意点上一杯饮品可以坐到打烊。数不清的书，静静阅读的人，不知名的音乐，就让身子陷在沙发中，让心情随着手中的书肆意蔓延。

天色晚时，从窗口远眺过去，华灯初上，万家灯火，有一种人间的温暖闪烁其中。这份美，只有在追求途中偶尔疲倦时才能发现，它唯追求者所有。

晚上从书店出来，街头灯火烂漫，人流如织。对于自己，这座城市是陌生的，对于这座城市，我也是陌生的。

我喜欢这份陌生。

然后，就是考试，我是在J市参加的考试。

为了考研，有的人是顺其自然，有的人是义无反顾，还有的人则完全是在拼命，到头来也许会伤得很深。这样一段旅程，没有人会给你见证，没有结果别人不会给你掌声。

一个寒冷的冬季早晨，操场站满候考的同学们。心里不禁有点酸楚，不知到最后，到底有多少人能实现心中所愿？

考试前怕自己第二天醒不了，让同学帮忙打电话叫自己。见面时那个同学把手机拿给我看，上面贴了一张小纸条，上面写着：叫他起床。当时真不知怎样感谢她。

考完一科政治后，不敢吃午饭，怕吃得饱了影响大脑思维，买了个面包对付着。

看到考场附近有个快客店，就进去要了一杯奶茶慢慢喝。下午的阳光真好，进店的人都是参加考试的，大家互相微笑一下打个招呼，尽管并不认识。

我看到一个女孩向一个很阳光的男生轻轻说了声嗨。

店中放着一支很好听的歌，那是我第一次听到。后来才知道，是潘玮柏的《我想更懂你》。

它真好听。

下午考英语，考场中的座位空了几个，想必是因为政治没考好而放弃了。一年的努力与苦乐酸甜，就这样结束了。答完英语后我手有些发抖，几乎握不住笔。连续写了三个小时，可心中却高兴地想笑，最难的英语，自己答得很好。

第二天是专业课，英语考过之后，缺考的人多了许多，让人感慨。

考完最后一科走出来的时候，天色微晚，华灯初上，正是一座城市最美的时候。街上霓虹闪烁，人群熙攘，橱窗里琳琅满目的商品和空气中不知名的食物的馨香为人带来视觉和嗅觉的双重满足。我的心中充满了喜悦的疲倦，如释重负这个词在此刻变得太过简单，无法形容当下的感受。走在热闹的街上，看身边往来的人们，觉得生活真是美好，这感觉也许与考试根本没关系，但不知怎么，就是有这样的感受。

我漫无目的地在街上四处游荡，时不时微笑看着周围，估计别人肯定觉得我有病。后来转进一家理发店，漂亮的迎宾小姐问我洗发还是理发，我说染发。一直以来，在同学和父母眼中我都是中规中矩的学生，从不做出格的事，可我最好的时光马上就要过去了，该做些自己喜欢的事。

老板很年轻，手艺也很好，为我染了橙红色的头发。

一缕头发垂到额前，红色已经褪去了许多，吹一口气，把它吹开。

那是H.O.T中文熙俊的发型。

很喜欢这支韩国组合，他们是彼时当之无愧的天团，是他们把韩流带入中国。喜欢他们那绚丽多变的舞步和与社会中种种不公正针锋相对的歌词，从高中到现在，尽管他们解散了。现代的一切都变得空虚浮华，各种选秀铺天盖地，总有许多女生为之疯狂，她们打扮得很入时，妆化得很漂亮，如此而已。

走出理发店已经很晚了，四周霓虹闪烁，天空布满繁星。

别了，J市，不知以后还会不会回来。

别了，新结识的同学们，没有与你们道别，但你们的照顾，我会一直记得。

一夜的火车把我带回故乡，城市依旧，校园依旧。

回校后的我几乎每天都泡在图书馆，坐在座位上，晒着午后暖暖的阳光，手里拿上一本书，看着看着就笑出声来，时常笑得管理员阿姨莫名其妙。

日子波澜不惊又快如流水，一天下午在图书馆碰到同学，告诉我公共课可以查分了。我赶忙打电话给长春的同学，他说要用座机才能查。想来想去，突然记起本班的同学就有一个是长春人，可以让她父母帮忙查。

晚上回来时，她打电话过来说查到了。我说你等下，我先深呼吸几下你再说。

我好了，你说吧。

她笑了，说恭喜你，是高分。是的，那是个很好的分数。

那晚我兴奋了一个晚上，有些不相信这是真的，很怕查错了，于是谁也没有告诉。

然而生活总是这样，让你高兴过，就会让你体味一下悲伤。

第二天就可以查专业课的成绩了，我坐在图书馆中的电脑前，旁边的同学比我还要紧张。打开网页，输入网址，进入主页，界面似乎并没有什么变化，只是无声无息地多出一栏“2007年研究生初试成绩查询”。我的呼吸顿时急促起来，几乎可以听见自己的心跳声，输入了姓名和准考证号后，一时竟没有力气按下回车键。如果你笑我的懦弱，那是因为你不知道我为此付出过怎样的努力。

按下回车，等待，那一刻，时间真慢啊。

结果出来了，有一门专业课分数很低。我排名40，但那个专业只收24个人。

我用手捂住嘴，叹了一口气，想哭却没有力气，想起为之努力过的一年多的日日夜夜，就这样，都过去了，过去了。

同学拍拍我肩膀，没事的，毕竟过线了，可以调剂的。

我点点头。

从期待到失落，只有一个夜晚的距离。

之后是更加焦灼的等待，国家分数线出来后，在老师的联系下，我接到南方一所师范大学的复试通知。其实这里并不是文化意义上的南方，没有苏杭小镇的古雅也没有江浙的繁华。下车的时候，我第一次感受到不同于北方的湿润空气。

学校很安静，也很广阔，依山而建，图书馆的氛围我很喜欢。

复试分为专业知识与英语能力两部分。专业部分出口成章，满口专业术语加自由发挥，感觉很high，考官也被惊到，给了一个很好的分数。而进行英语能力面试时则有惊无险，我的英语听力一向马马虎虎，在考官说完一大段听起来十分高大上的句子后基本没明白什么意思，沉默一会儿后决定用坦诚打动他，所以大大方方地来了句："Sorry, I don't know。"

主考老师也是一愣，估计是没见过这么诚实的。

另一位老师也许是想帮帮我，又问了一个问题："Do you like pop star？"

这回很简单，我听懂了："Yeah,of course！"

"Which one？"

行动胜于言谈，肢体言语比流利的口语更有表现力，我很标准地做了一个MJ式原地转身，然后回答："Michael Jackson。"

Michael不愧是流行乐之王，掷地有声啊。几位老师顿时相视一笑，气氛立刻就缓和起来。老师饶有兴致地继续出题：“那么，你能展示一下他的舞蹈吗？”

我长出一口气，“当然可以。”

演绎了一小段Michael的经典舞步之后，果然，几位老师不约而同地鼓起掌来，我才把心放下。

复试顺利结束，我带了几件小礼物回去送给同学。事情有了结果，心情平静许多。后来有人对我说，考试前你怎么不去拜访下导师呢？这是心照不宣的事情，你太傻了。

是的，我并不聪明，还很固执，但现在已经没有关系了。

我也不够勇敢。有的人，可以放弃调剂，为了理想中的学校继续努力，我没有那个勇气。

我再一次对着镜子审视自己稀少的头发，头发掉了，还会再长起来吗？多半不会了，就像日子一点一滴地过去，从不为任何人、任何事而停留。

镜子中的自己，依然平凡，窗外蓝天下的阳光，那么灿烂。

◆ 湖心亭的雪

火车行驶时那特有的轰隆轰隆声不时推开陈萱因疲倦而即将合上的秀气眼帘。

她正在返回思念已久的校园准备参加毕业晚会。

考研结束，很理想，即将步入心仪的高校继续学习，想想也觉得开心。那天清晨，公交车驶过师大校园，目光所及，学子们正站在高高的台子上照毕业合影。晨曦落在那一张张年轻的笑脸上，公交车中的她也不由自主地扬起了嘴角。

此时，远方的校园必定也是这番景象吧，只是不知今年宿舍楼下的栀子花怎样，它们开得还好吗？

车窗外的风景一闪而过，如同那飞逝的时光。

陈萱喜欢晚饭后到校园的中央广场散步，从前，她常带着室友的小猫一起来，喜欢边用手抓着小猫的脖子边想心事，有时候想得出神了，也不理会小猫喵呜喵呜的抗议。

如今，她习惯性地用手抓去，却是一朵不知名的野花。

不知不觉就大三了，回头看看大一和大二，竟不知都做了些什么。寝室对面有一排杨树，春天，树上长出新鲜的叶子，冬天，它们慢悠悠地落下，似乎只不过是一夜之间的事，然后就发现自己已经大三了。在工作与考研中，她选择了考研。学校公布跨校选课计划时，她报了名。虽然在这里，有自己熟悉的一切，想自习时就会有朋友在图书馆为自己占好位置，那里的椅子可真舒服。不想去吃饭时室友就会为自己打来饭菜，它们可真可口。现在要离开这一切，去一个完全陌生的地方开始未知的努力，总是有些不安。

很多人都劝过自己不要考研了，如今工作那么难找，先找到个工作才是正经事。考上研究生又能怎么样？读出来了还不是一样愁工作？你是女生，学历太高了没什么好处……诸如此类的论调有许多，他们是好心，陈萱知道。师兄师姐们常常半开玩笑地说毕业就等于失业，无论带着怎样自嘲的语气说出来，那看似不经意的神情背后，依然是心酸与不平。

是的，他们说的都对，可陈萱无法改变自己的任性。也许她的选择是错的，也许以后会撞得头破血流，可她的身上有一种特别的气息，不见火气，不见锋芒，也没有功利，有的只是执着和认真，投入全部身心去做一件事，并喜欢这样的自己。

在随后召开的培训会中，她有些意外地发现我竟也在，对我很灿烂地笑笑，算是打个招呼。

暂别了，熟悉的校园。

再会了，亲爱的同学。

火车在逐渐提速，正载着自己飞快地远离这里，但她并不觉得伤感，因为这只是暂别，下次回来时，自己就将正式成为它的一员。

这里的校园很大，氛围很好，随处可见上自习的人，勤奋的学子们甚至连食堂也不放过。她有时会在某个自习室中看到我，便打个招呼，然后各自安静地读书，也并无多余的话。偶尔，她会发短信和我聊聊天，说一些身边的人和事。

她说现在自己喜欢听节奏明快的舞曲，戒掉了韩剧，也不再看言情小说。开始读鲁迅与郭沫若，喜欢沈从文，但有些反感他对张兆和的死缠烂打。

她说她喜欢在文学院的楼中上自习，那里有一个专门给备研同学准备的教室，平常都不会安排课程。有一天不知是谁在墙上画了一幅山水画，给大家带来一份不小的惊喜。

她说自己正偷偷地用文字为这里的人素描，并对自己的画工感到很满意：

总坐在最前排的是自称全才的一个男生，跨专业考对外汉语，是个很搞笑又充满热情的人。冬天教室里没有空调，大家都买来了坐垫，结果有天大家的坐垫都集体消失了，于是乎，该全才怀疑有小偷（都这样了还怀疑，根本就是有啊）。翌日一大早，只见他手拿铁钉，腰挎铁钳，在门口乒乒乓乓地工作起来。原来该全才是为了给我们教室的门上锁，才如此辛苦折腾。

教室里还有一对小情侣，据说两人都是牛人，准备考北大。男生是学校心理协会的会长，女孩呢，特别温柔，说话都是轻言细语的。

两人通常分开坐，一进教室，就各自埋头读书，中途偶尔来点眼神交流，或者互相传递一下水杯什么的，很有默契。

为大家保管门钥匙的是小菊，因为每天她总是来得最早，走得最晚，真是我们教室认真学习的好典范。

小菊背后乃是一奶油小生，感觉很腼腆，学习也超认真，平日里也喜欢和大家讨论一下复习进度什么的。印象最深刻的还是他每次学习时都要像女孩子一样带上一副套袖，免得弄脏衣服了吧，也许。

旁边的是小媛，超爱看书的漂亮女孩。个子是教室里最高的，有174cm，真羡慕啊，可她有天居然跟我说她讨厌长这么高，唉。

背后是彤彤和松松，每天都在感叹："遭了，时间不够了，时间不够了！"

右边是小杰，喜欢烹饪的女子，还会做西餐和糕点，果然有贤妻良母的基因。据说有次在实验室里做发酵试验，发着发着就直接在实验室里吃醪糟汤圆了，哈哈。

…………

陈萱有时真希望永远不要有结果，只有过程，可惜这一切都会结束。但她的记忆中会永远珍藏这一年的夏天，珍藏大家共同的自习室和外面那些不知名的紫色花朵，从一开始的陌生到后来的熟悉，还有大家一起努力、一起走过的这段日子。

车窗外，有飞鸟掠过，带起一抹阳光。

送夕阳，迎素月，时光在书页翻动声中流走，距离考试已只剩下两个月，紧张的心情影响到了考前状态，最为拿手的英文突然间从热恋情人变成了仇人，原本很熟悉的单词现在怎么看怎么陌生。祸不单行，脸上又长出很多红痘，本来很漂亮的容貌开始变得有些难看，她皱着鼻子在镜子前龇牙咧嘴地扮鬼脸，最后一咬牙一狠心，不看镜子了。

在准备笔试的最后这段时间里，陈萱把自己一个人关在寝室，一边重复地做着公共科目的英语真题，一边在心中发誓有朝一日一定要将其付之一炬，而且要一页一页地折磨它，让未来的自己为此刻的自己报仇雪恨。想想就开心了许多。

做啊做啊，直到做题不再凭感觉，而几乎每隔几晚就会做一个梦，梦里自己也都在做英语，她管这叫魂牵梦绕。有一次夜里忽然惊醒，哭了，室友忙问她怎么了，她说我考研的英语只考了50分。室友连连说不是真的，不是真的，是梦。

第二天阳光明媚，她躺在床上，终于确定那的确只是一个梦。

天气越来越冷，她将复习阵地转移到校外的学人书店。

唯一的安慰来自远方的恋人，虽然相隔千里，却依旧每天都会打一通电话过来给她以温暖。他们相恋了六年，熟悉得仿佛已是亲人，他却依旧还对她那么好。

她把所有烦恼都藏在心底，有时发短信给我，只说今天又下雪了，校园里，湖心亭中，雪花很美。

忙碌中，什么节日也都不记得了，不过平安夜却是例外。节日前夕，有雪飘落，仿佛专门提醒勤奋的学子们不要忘记了还有这个温馨静谧的夜晚。

雪花让她兴奋莫名，便给男友发她在雪中拍的照片，雪花映衬下，她宛若模特般美丽。

手机铃声响起，提示有一条新短信，点开一看，只有一句“祝你圣诞快乐”，不禁笑笑，心中倒还是觉得温暖。

她可不知道，这是我坐在空白的电脑屏幕前推敲了半天措辞的结果。她很快回复说，虽然圣诞不是我们的节日，可至少雪花是属于我们的（笑）。

我告诉她，寝室中有平安果等着你，快去看看吧。

天色已晚，陈萱从学人书店出来，走在回校的路上。路过一个水果摊，刚巧迎面走过来一对年轻夫妇，爸爸抱着宝宝，妈妈用充满疼爱的语气说：“今天老师表扬你，说你特别棒！”爸爸马上附和着问：“快告诉爸爸，你今天都做了什么？”不过很快陈萱便听不到他们说的是什么了。

在这样温馨的黄昏时刻，伴着淡淡炊烟的味道。

本来她想买点橘子，可是看到橘子摊的生意很红火，而旁边一位老者的摊位却无人问津，于是她试着走过去看了看。老人卖的是一种不知名的小红果，见有人来看很高兴，连忙从地上起来看着她笑，一脸沧桑与纯朴。以此时陈萱有些复杂的心情，就算这位老人卖的是土豆她也会买下几个的，否则就会有某种东西作祟，说不好是什么，她讨厌把这称之为同情，那不是同情，而是一种更美好的情愫。

干冷的冬季很迷人，特别是清冷的空气中弥漫着的叶子味道，呼吸一下，感觉很澄澈。

回到寝室，一打开门，一团恣意烂漫的红色仿佛已等待不及般一下子扑入眼帘，那是来自恋人的玫瑰。陈萱兴奋得抱住花束不断地做着深呼吸，柔嫩的花瓣仿佛恋人的脸颊。一张卡片掉落下来，她捡起打开：Merry Christmas! I love you!她深深地吻着卡片。

喜悦过后，想起应该还有个平安果呢，找来找去，在自己的床上发现了它。嗯，一定是他让自己的室友帮忙带过来的。打开包装纸正准备狠狠咬一口苹果时，却发现还有一张折得很整齐的信纸躺在底下。

展信愉快：

今天是平安夜，讲一个故事给你听吧。

我有一个朋友，他喜欢H.O.T，喜欢周杰伦，爱读各种故事。他常说些故事给我听，现在我说的，是他的故事。

又是一个六七月的时候，开学了，大学中的风光似乎不及想象中的秀美。他和别人一样等候着交学费，不经意间地扫视，看见背阴处的椅子上坐着一个女孩，女孩有着漆黑的长发，很安静地坐着，衣服颜色很淡，上面饰有镂空的花纹。

阳光在她身上打转，在人群中，很悦目。邂逅一个人，如春之漫野，尽管她不知道，也不认识他。

在新的班级中，他又看见了那头长发。

第一课是军训，休息时间里要有人唱歌。记不得是哪一次休息了，女孩站了起来，说唱得不好，别见笑，然后他听到了女孩的声音，清脆又明朗。那天下午阳光很好，穿过树叶斑驳地洒落在地上，也为她披上一层金色，女孩流苏般的长发微微颤动，她唱的是什么其实根本不太听得到。但他想，如果以后某一天，自己回想起那天午后的阳光的话，一定会觉得，那阳光很暖。

大一时光过得飞快，还来不及茫然就过去了。大学中有手执书卷的学长，有白发苍苍的教授，也有许多神采飞扬的面孔，每个人都有自己想要的生活。

他和女孩几乎没说过什么话，记得有一次是借东西。女孩的英语非常好，在晚自习的时候，有几个单词他想不起来什么意思了，便向女孩借文曲星来查。她很快地把已经放回包中的文曲星又取了出来，递过去。打开后，开机画面是心心相印四个字。他明白，有了恋人的女孩子往往才有这样的祈愿。还回去的时候，看见女孩手上戴着一枚细小的银色戒指。

许多风景，只能远远地欣赏。

他是班中体委，每天早操时都要清点一下人数。印象中女孩的头发总是一个样式，很少变动，只有一次，束成一束马尾垂在脑后，很雅致，可后来就又是从前的样子了，不知为什么。

中文系举办戏剧表演大赛，他是女孩的助理，并且饰演一个角色，那次活动很难忘。也是在那次活动中，才发觉，原来一直以为应该是很温柔安静的女孩，其实性格很大方。

大二时要过英语四级，他的英语底子很差，但一直没有放弃过。

到最后，四本大学英语书上的大部分单词随便挑出一个便知道出自哪篇文章哪句话，着实让他颇佩服了自己一番。考试时加上运气不错，顺利通过了。女孩也过了，身在中文系却外语一流，本就是大家调侃女孩的话题之一。当然了，很高的分数。之后时尚靓丽的英语老师请大家吃饭，但女孩没有来。后来才知道那也是一次饯别，随后英语老师就去了新西兰，一个陌生而美丽的国度。饭吃得很愉快，大家轮流唱歌，原来老师竟有那么好的一副嗓子，把一首《上海滩》演绎得荡气回肠。饭后送老师回家，女生们吵着要去老师家里看看，他和同学在楼下等着，便闲聊起来。女孩的一个室友对他说，女孩是那种宁肯自己饿着也要把面包让给别人的人，她还有一个青梅竹马的男朋友，对她极好，我们都很羡慕。

在这里备考的一年，很忙碌也很充实，女孩考的是古典文献学。

女孩请他吃过一次饭，他想说些什么，却找不到该说什么。

偶尔打过几次电话，女孩的声音依旧好听，淡淡地说些考试的事，然后说再见，挂断。

日子如水，也如歌。

他很难忘的一次聊天是在餐厅中的书店。女孩请她帮忙拿下架子上的一本书，然后就悠悠地说话。女孩说自己看上去很弱，其实身体很好；说在跑步中莫名其妙地拿了第一；说要教他下围棋；听着书店中正在播放着的一支钢琴曲说那正是自己从前常常练习的曲子，他问那是什么，女孩说了一个他完全没听过的名字。他们站得很近，笑得很愉快。

日子过得平淡又充实，一本一本地看书，一篇一篇地做阅读，偶尔给女孩发个短信，问问复习得怎么样了，然后在看回复的时候，想象女孩回复时的神情和语气。

再过一个月，就考试了，我们，会如愿吗？

有一种花，只开花，不结果，名字叫蔷薇。

女孩知不知道，相不相信都不重要了，重要的是，青春的日子里，他单纯地喜欢过。

好了，故事说完了，今天是平安夜，祝福你。

你的朋友

陈萱看着花束和信纸，泪水忍不住涌了出来，平凡的自己，却在此刻，同时拥有了两份如此珍贵的情感。

她发出一条短信：你的故事很美，我的朋友！

她热爱文学，学习整整三年了，用最美好的青春年华。不要辜负这三年，不要辜负鲁迅先生、钱钟书先生，不要辜负杜牧、李商隐、苏东坡先生……带着这些温暖的记忆，美好的情愫，一起，迎接考试。

答专业课时，她不敢有丝毫马虎，眉睫紧蹙，书写如飞，手指都有点僵硬了，若有镜头录下，那两小时的自己，想必是面目狰狞的吧。考公共课时，她更不敢提前交卷，每道题都用心去解读，反复检查，直到铃声响起，长吁一口气。

起身时，偌大的教室，已只剩她一人。

坐公交车从考场回学校，一路闪过热闹的街景。那么多风景，都只是路过，那么自己呢？老师曾说：“学文学的人，应该比别人多一份对生命苦难的包容。”如果付出没有回报，自己是否能做到坦然接受？

天道终究酬勤，漫长的等待过后，迎来的是复试通知。

面对着几位须发皆白，庄重严肃的教授，陈萱有些紧张。其中一位似乎看出了她的局促，微微一笑，说讲一讲苏轼吧，谈谈你对他的理解。一听到这个名字，陈萱竟有些呆了，是巧合吗？还是生活对她的眷顾？

在准备复试的日子里，日日好似在云端漫步，看当代名家们的作品，读唐诗，品宋词，含英咀华。当读到那句“也无风雨也无晴”，读到那句“一蓑烟雨任平生”，莫名地眼角就有些湿润。久违了，以为那些诗句已被遗忘，却原来一直在心底深藏。

眼前闪现过很久以前的一堂课，青葱时光，讲台明净，某位老先生在讲文艺美学。他说：“因为我们学文学，我们应该比旁人更多一份对于生命意外和苦难的理解。

“十年前，我没想到我会成为一个老师。但我坐在这里，十年前的时光恍若隔世，我没想到在这里，收获讲台上的风景。但是我来了，从广州来到这里。

“人生的曲折是很美的风景，但你需要体会。”

无需笔记，教室里一片安静。

在回忆中，她找到了原来的自己。

忽然间，她发觉自己面对的全然不是严厉的主考，眼前浮现起白居易、苏东坡、李白、鲁迅、沈从文……那么多古今中外的大家联袂而来，他们都对着她，和和气气地微笑。

她相信那一刻，自己也笑颜如花。

最后，在一片赞许声中，陈萱鞠躬走出考场。

24岁，花样年华，绽放。

这一年的辛劳，这一路的风尘，无论当时是怎样的辛苦，如今终于可以挥一挥衣袖，只道当时是寻常了。沿着梦想的方向出发，持之以恒，就一定可以出现奇迹。

最难挨的日子里，有多少次想到放弃？却又每一次都对自己说，走下去吧，都已经到了这里，我总能做出不一样的成绩。于是在六月，真的看到了不一样的天空。

她并没有向那本模拟题复仇，它就那样静静躺在书橱里，书页微卷。某一天，她还是会去翻阅它，翻起这段时光。

行到水穷处，坐看云起时。

列车飞驰，再过几个小时，就可以呼吸到南方温润的空气了。感谢这段日子里为自己跑前跑后处理琐事的同学们，有你们真好。

不知道人的情感为何这么复杂，此时的陈萱同时拥有重逢的喜悦与离别的伤感两种截然不同的情绪。同学问自己是不是答辩完就回家了，她说是的。是啊，也许自己根本就来不及参加毕业晚会，来不及再看一遍熟悉的校园，来不及与相处四年的同窗一一告别……也许有人会说：“你不该遗憾，考研能考取这么好的学校应庆幸才对。”

是的，自己很幸运。

今天又去了朋友的空间，当初大家一起追梦，有人留下，有人离开。如今看着他写的篇篇日志，不禁追怀，就差那么一点却与理想失之交臂，努力了那么多却要远走他乡。他笔下的校园生活鲜活如同昨日，仿佛不曾离开过。你们都变了吗？你们都在哪里呢？你们还在追求自己想要的生活吗？

歪头看向窗外，栀子花开得正盛，鸟儿飞过城市上空，阳光如此明亮，如此温暖。

卷四 时光琥珀

◆ 独自旅行

邂逅方夕是在旅途中。

人生要有一次说走就走的旅行，所以此刻，毕业前夕的肖凌正在途中。

“去年相送，余杭门外，飞雪似杨花。今年春尽，杨花似雪，犹不见还家。对酒卷帘邀明月，风露透窗纱。恰似姮娥怜双燕，分明照、画梁斜。”

她低头轻声吟诵着苏东坡先生的词句，额前刘海遮住了她的神情。此刻她正在旅行，便想起《少年游》这词牌名，很自然地就背了出来。她在初次接触宋词的时候就觉得，中华民族真是一个善于命名的民族，那么多的词牌名，每一个都如诗如画，背后又大多藏有一个故事，令人无限遐想。

肖凌心中没有偶像，如果偶像是特指歌手的话。她心中唯一崇拜的人物，就是苏轼先生。她的室友甚至觉得，肖凌至今还不谈恋爱的一部分原因，也和东坡先生有关。先生的故乡，眉山三苏祠，就是她此次旅途的方向。

旅途单调，肖凌默写着先生的诗词来消磨时间，笔尖在淡黄色的纸笺上自由地滑动。她喜欢这颜色，有种古典式的含蓄，并在阅读时带给人如音乐般的慰藉。笔尖的滑行是如此流畅，正如此刻的火车正平稳地运行在向前无限延伸出去的铁轨上。湛蓝的天，雪白的云，车窗外的世界如此分明、纯粹。她曾以为天空中应该有些什么特别的东西，却原来空荡荡的什么都没有。

坐在飞驰的车子上看窗外变换的景物，人在旅途，人生如旅，旅行在时间无边的荒原中，独自一个人。

耳边总想起一首歌，刘若英与黄立行合唱的《分开旅行》。她很喜欢那里面的美声部分，不过此刻，也许应该听独自旅行才对，是不是也有人写过这样的歌呢？

肖凌注意到方夕的理由有三点：上车后坐在自己的旁边，精致而忧郁的侧脸，衣服上点缀着的名校校徽。

忽然一阵不算很剧烈的晃动从座位传到身体，这在旅行中很正常，并没有打破车厢中的安静。一张淡紫色的纸笺随着刚才的晃动飘落到她的脚边，肖凌弯腰拾起它，还给邻座的女孩，女孩报以感激又羞涩的一笑。

肖凌没有刻意去看上面的内容，只是目光无意中掠过文字：

“我并没有很想你， 我只是在早上醒来的时候，看看手机中有没有你发来的信息；

我并没有很想你， 我只是在和朋友的聊天中，经常地提起你，讲那些也许他们都早已听过的事情；

我并没有很想你，我只是想看看你的样子，听听你的声音；

我并没有很想你，没有……”

是那个女孩写给恋人的诗句吗？却还没有写完。

暮色拥抱大地时，火车驶入车站。

她和那个女孩一前一后走下火车，女孩告诉她自己的名字叫方夕，意思是正值佳夕，很美的一个名字。

她的笑容浅浅的，有一份若隐若现的忧郁缠绕在弯弯的眉间。

“你为什么来这里呢？”肖凌忍不住问。

“来忘掉一个人。那么，你呢？”

肖凌告诉她，自己来祭拜一位为人们共仰千年的文人。

在安静行驶的公交车中，仿古建筑从车窗外一一闪过。当看到自幼熟知的《赤壁赋》变成飞扬灵动的石刻停驻在墙壁上时，肖凌知道自己已经来到了三苏祠。

一条石板路，蜿蜒曲折如萧索的诗人笔下孤寂的诗句般在竹林中穿过。一溪碧色，将祠堂景区的一半划给繁华，一半留给淡泊。不知名的鸟儿在雕梁画栋间踱着悠闲的步子倾听游人絮语。阳光在竹叶缝隙间投下轻叹，为角落里拍照的少女送去灵感。

一切，都那么美丽。

正游览间，山中四时，变化无端，竟然飘起潇潇疏雨，令她惊喜不已。

细雨声如碎玉，悠然而下，身畔花草明艳无语。她站在空地中央，仰头看雨，觉得雨丝似乎有生命般在传达着什么，这一刻，是旅行中最好的一刻。

视线从空中收回，她看到了人群中的方夕。

方夕也在静静沐浴着雨丝，正注视着不远处一对拍照的新人。

素裙华裳，碧水红花，画面美丽得竟有种不真切的感觉。摄影师对新娘子说，笑一下，不要愁眉苦脸嘛。肖凌不禁失笑，许是新人们拍得太累了吧。

她也看到了肖凌，向她招招手，轻步走过去。

“原来婚礼并不是如想象中的热闹，却只是那么的刻骨铭心。”方夕说。静静的湖水，繁盛的花木，流传千年的文字，不变的祈祷，这里所拥有的，只是永恒。

“你相信永远吗？”

面对这突如其来的提问，肖凌沉默了一会儿，然后点了点头。

“我不那么相信。”方夕用飘远的目光祝福着那对新人，“因为对我说过这个词的人，还是没能守住自己的承诺。”

肖凌想起曾看到过的一种对永远的定义：永远不是一种距离，甚至也不是一种时间，而是，一种决定。她把这段话告诉了第二次遇见的方夕。

她看到方夕的眼神有那么一刻变得很清澈。

翠竹摇动，清风习习，吹拂开她的回忆：

她说火车上那张掉落到肖凌脚边的淡紫色纸笺是她曾经的恋人写

给自己的，他们在大学中相识。

他们曾约定一起听一首歌，用那种有两个接口的播放器，一个人戴耳机，一个人戴耳麦，一起体会歌中每个音符背后的心情故事。

他们约定一起看一部电影，看那部如今已很少有人知道的前苏联黑白片《两个人的车站》。我们来到这世上，都是一个人，站在空寂无人的车站看着一列列远行的列车，等待着自己可以登上的那一列来到。车来了，又走了，我们上去了，又下来，在另一个车站，继续着等待，不知道列车什么时候会来，又将驶向什么地方。直到遇见一个人，彼此轻轻地说声嗨，一起等待。两个人的车站，就是一个完整的世界。

他们约定……

肖凌很想问你们既然那么相爱，又为什么要分开？可她终究忍住没有问，因为方夕的神情让人不忍。

不知什么时候，方夕停止了讲述。

“我们为什么来到这里？”她的眼睛在雨中显得迷离而朦胧。

“我因为仰慕，你为了忘记。”肖凌告诉她。

“对，我为了忘记。”她喃喃自语着，“能给我讲讲苏东坡先生和朝云的故事吗？我想听听。”方夕白皙纤细的手指在微暗的背景中显得十分清晰，她指着那座先生的塑像。

“先生青年时就已名满天下，而他遇见朝云时，朝云还只是一个豆蔻年纪的小女孩。后来，发生了著名的乌台诗案，先生开始了他一生的漂泊，最远也最危险的一次，是被贬谪到儋州，也就是今天的海南一带。那里瘴气很重，又十分潮湿，先生不让任何人随行。”

“那她陪先生去了吗？”

“是的，去了，虽然海南有瘴气毒雾，先生不允许，但只有朝云，依旧陪伴着先生。”

“真伟大，我想他们最后一定厮守了一生。”

“……”

“你怎么不说话？”

“啊，是的，最后，就像所有忠贞的爱情一样，她陪着先生，一直到老。”

方夕没有再说话，夕阳中，她忧伤而美丽。

“步转回廊，半落梅花婉娩香。”先生的词句送她们穿过回廊，来到三苏祠的园林。

幽静的潭水，光洁冰凉的鹅卵石，扶疏掩映微微摇曳的修竹。如果不是池中点点浮萍和涟漪晃动的水纹那一次次温柔的提醒，你不会体味到“晓来雨过，遗踪何在？一池萍碎”的幽婉；如果不是曾驻足过这里的时光对往昔的讲述，你不会知道曾经有“春色三分，二分尘土，一分流水”的吟诵打破过这里的静谧。

走了一会儿，有些累，遇见一个老婆婆背着橘子在叫卖，只要两元钱一袋，方夕折回几步，买下一袋，付钱时老婆婆笑着说谢谢，这橘子很甜。

肖凌准备去园林的最深处，那里也是最后的景点，旅途的终点。

方夕跟着她慢慢地走着。干净的路两边植有许多不知名的花树，如无言的朋友，静静陪伴着她们。树很高，花很繁，偶尔会有一两朵摇落，它们似乎想告诉人们自己还年轻，然而飘落在地上，成为泥土的香尘。

平时，地上应该只有不多的几瓣落花。

可今天，是清洁工人正在家中为着琐屑的生活烦恼而耽误了打扫，还是他们本就忘记了？

此刻，眼前，那满地鲜艳的落花，宛如笔墨写意下的名画，就那样毫无征兆静静地扑入所有人的视野，染亮每个人的心。

方夕不由自主地停下来，仰头看花瓣飘落。

一瓣，从枝头一跃，落下。

姿态悠然，在空中打着轻旋，仿佛只是离开树端片刻，溜下来玩耍一会儿，然后便回去。

有风吹过，花树像是被推动了一下，很快又恢复平静。

花瓣如雨，纷纷落。

自然赋予落花如展示生命美丽般的艳丽颜色与姿态，缓缓飘落的身姿如曲折点划，写下“花褪残红青杏小，绿水人家绕”的优雅；写下“天涯流落思无穷，既相逢，却匆匆”的无奈；写下“十年生死两茫茫，不思量，自难忘”的伤情；也写下“人生如梦，一樽还酹江月”的慨叹。

这些散落人间的精灵，也拦下了过往游人那脚步的匆忙。

它们原来这样美。

世界还是之前的模样，可有些改变，不动声色。

我们每天为了生活而辛苦忙碌，我们每次因为痛苦而纠缠执着。久而久之，我们为了忙碌而忙碌，为了执着而执着，可还记得那最初的愿望吗？可还记得那执着的原因吗？可还记得自己上一次感动到现在已经有多久了吗？

这些空中飞舞的花瓣提醒着我们渐渐麻木的神经，用它们娇艳的颜色告诉我们不要忘记生活中的美好。而我们，因为固执地守望着过去，是否已经忽略了生活中太多其他的美好？

方夕拾起一片落花，眼眸中闪着温柔的光，似乎对肖凌说着，又似乎在低声自语：“花朵离开了，落入泥土，明年，又会有新的花开，其实花儿一直都没有离开过，对吗？”

也许她并不是对肖凌说，可肖凌想告诉她，是的。

肖凌问方夕是否要和自己一起去看苏先生的雕像，她说不必了，最珍贵的景色已经看过。

是的，不必了。

方夕突然轻轻吟诵：“高情已逐晓云空，不与梨花同梦。”

肖凌一愣。

“他也非常喜欢苏东坡，曾经教过我这首词，给我讲先生和朝云的故事，但没有告诉我故事最后的结局。我想你骗了我，是不是？朝云和苏先生，最后真正的结局是什么呢？我好想知道。”

“朝云因为抵不住瘴气，仅仅和苏先生在南方生活了几年便香消玉殒，此后，先生再也不曾吟诵过为朝云写的那首《蝶恋花》。”肖凌把故事真正的结局告诉了她。

“是吗？原来，原来这才是结局。”方夕神情黯然，“谢谢你给我讲他们的故事，我觉得，在苏先生心中，朝云，她只是告别了过去，开始了另一次新的生命。”

或许在先生心中，真的是这样。

然后方夕便离开了，她们分别走向相反的方向。肖凌如愿地看到了苏东坡先生的雕像，这雕像很著名，曾被选作语文教材的图片。像前，一个须发皆白的老人正恭恭敬敬地行礼，然后是肖凌。她走过去，双掌合十，闭上眼睛，很虔诚地鞠躬，深行一礼，豪放不羁的东坡先生想必不会介意她的这种方式吧。

那么，走向另一个方向的方夕，又会看到什么样新的景色呢？

她是否，可以忘记那个人呢？

肖凌想知道，却没有追问。

人生如旅，相逢何必曾相识，愿我们，一路顺风吧。

月季花香

年少的我，以为生命就是一段很长的路，可以慢慢地信步闲走；而爱情是一首华丽的歌，可以反反复复地低声吟唱。

这样的想法一直持续到假期。

小院中父亲种下的各种蔬菜长得很饱满，傍晚的泥土经过了阳光长时间的照射，此刻散发出一种微醺似的香气，月季在花墙下一丛叠着一丛，开得正好。我靠在沙发里，很安静地看完张艺谋导演的《我的父亲母亲》。

电影中的故事似曾相识。温暖的色彩，弥漫在音乐声中的淡淡伤感，一切都那样安详、美好，悠远绵长。幸福如同一首质朴的民谣，拥有某种质感，微一碰触，就散落满地怀旧的芳香。

我的父母，他们都很平凡，与世间千千万万的父母一样，每天为子女操心，为生活忙碌。偶尔我会假想一下，如果他们是成就非凡的伟人，叱咤风云的英雄，那我又会是什么样子呢？最后想来想去，还是觉得普通人好。生活的意义应该在点滴藏海的平凡之中，而不是繁华热闹里，所以佛祖才会舍弃王子的身份与尊荣去流浪，去体味有情苦乐，最后悟道。

父亲在家中种了许多月季，这种花很容易栽养，花色淡雅，香气素洁，父亲很喜欢，把他们照顾得很好。花开得繁盛时会剪下几枝放在室内，一室皆香。

在一个香气渐渐淡去，空气中却仍有余味的傍晚，父亲还没有下班，家中只有一回家就慵懒无比的我和母亲。我突然问母亲："妈，您和爸是怎么走到一起的呢？"

母亲并没有因为我问得突然而生气，而是淡淡笑着讲述。那时"文革"已经快结束了，但社会还是不太稳定，粮食供应也少。她的家庭还可以，至少吃得饱，而父亲家就不那么乐观了。"我们是经人介绍认识的，介绍人呢，是你爸家的亲戚，所以自然是把你爸说得天花乱坠了。"妈妈开心地笑了起来，沉浸在怀念往事的愉快中。

等两个人见面之后，发现除了长相之外其余指标严重失真。虽然如此，"看着你爸觉得他很忠厚，也不沾烟酒，我当时就觉得，这个人啊，以后能一直对我好，不会扯三扯四的。"妈妈一边收拾着手里的东西一边淡淡地说。

于是大家就在一起聊聊天，打打扑克什么的。妈妈说后来你爸就三天两头地往我家里跑，来了也不多说话，只是帮忙做活。父亲是木匠，手艺十分出众，修理座椅板凳，打造碗柜衣橱什么的都不在话下。后来，父亲和母亲就好上了，再后来，就结婚了，再后来呢，就是写这些文字的人出生了。

不过同样的事情，在父亲那里，版本可就变了。

他说那时候女方找对象一定先看对方有什么手艺没有，有没有固定工作，吃国家饭的最受欢迎。我补充说其实现在也一样，公务员最好。父亲笑了笑接着说，那时人思想单纯，很看重手艺，因为工作可能会丢，但手艺不会，有门手艺什么时候也能吃上顿饱饭。女子找对象，先求一碗饭，再求一颗心，就这么简单。

父亲当时是那一带颇有名气的木匠，之所以说颇有名气而不说最有名气，那是因为最有名气的木匠乃是爷爷，定级为八级，可算江湖中的一流高手了。据说组织上本想培养他当厂里的书记，可是爷爷被当时的各种运动弄怕了就没敢答应，谁知后来“文革”结束了，什么运动都没有了，可见世事难料。

父亲说当时隔壁院子有户人家，那家的女儿很漂亮，梳着当时最流行最好看的发型——两条乌黑的麻花辫子。媒人给他介绍，女方家里十分乐意，但父亲却看不上。后来遇到了母亲，觉得她善良，心地好，就喜欢上了，而后母亲常去他家，帮忙做饭啊，打扫房间什么的，再以后就走到了一起。

根据我的推测，母亲讲述的版本准确性更高一些，因为直到现在她都不大会做饭，所以不大可能常往父亲家里去，更不要提帮着做饭了。

不过这些都不重要吧。

属于父母的浪漫是什么呢？那个年代什么都没有，他们恋爱以后最常做的事情就是去公园散步，然后再走回来。有一次看到很好看的船模，父亲买回来仔细组装，完成以后很漂亮，可惜后来被亲戚家的孩子要去，玩够之后不知丢到哪里去了，现在想起来，我仍然觉得很可惜。

那条路上的风景他们一定已经非常熟悉了吧？就这样来来回回地走着，不曾厌倦，不曾停留，直到夕阳西下，直到永久。

他们的爱情中没有哈根达斯的小资，也没有卡布奇诺的味道，没有韩剧日剧，甚至也没有几次电影。父亲对母亲说过我爱你吗？我不知道。在霓虹灯闪烁，光怪陆离的今天，他们的爱情很土很俗气，可是，又那么珍贵，那么令人向往。

父母偶尔也会吵架，有时甚至会吵得很凶，听得我很害怕，小时候常常会拉住小伙伴陪我，等父母和好了再走。上了大学之后，情况却变得比较好玩，每次吵架他们都会让我来评理，彼此说着各自的理由，像小孩子一样。我从来都是帮着母亲的，分析一通之后，他们也就和好如初了。

天色渐晚，母亲的眼睛有些看不清楚，我打开灯，母亲说："刚结婚那阵子，我们连脸都没红过，说话可客气了。现在呢，也算老夫老妻了，彼此的性情都很了解，再吵也不会怎么样，所以有时候不吵反倒不自在。"

我想起有一次父母吵架，父亲来到我的房间，也对我说过类似的话："你妈只有初中文化，当然这也不怪她，那个时代谁也读不了书啊。她能做到现在，当上主管会计很不容易，工作上总有些不顺心的时候，回来就和我吵架发泄一下我也知道，所以没事。我让着她呢，不能让她把气总闷在心里，那可不行啊。"

是的，不过我有自己的想法，吵架总是会让人伤心的，如果以后我有了女朋友，一定不和她吵，什么都随她好了。如果她要是吵个没完，那我就去吻她，如果她咬我的话，那就没法子了，只好出去走走。

在我很小的时候，母亲生过病，在北京住院。她说有一晚她神志不清，迷迷糊糊的，父亲一直没睡，握着她的手在床边坐了一夜。“我醒了，手一动，你爸就问我怎么样，我才明白原来他一夜没睡。”妈妈的声音变得很轻，很轻，“你病了，谁能对你这样呢？”

我也不说话，想象着那一刻母亲心中的温暖。

“将来啊，你一定要找个心肠好的姑娘。”母亲总是这样说着说着就扯到了我身上。我说我还早呢，她就笑笑说：“我提醒你一下嘛。”

找到那样的一个人，需要缘分吧。一生之中，我们与无数的人擦肩而过了，属于自己的，只有一个人，你能找到她/他吗，你会认识她/他吗？

父亲是个外冷内热的人。我很小的时候，每到冬天，他都会在下班时给我带回几串冰糖葫芦，吃不了就放在外面天然冰箱中，第二天继续吃。它们的味道我早已忘记了，但那颜色，还依旧鲜艳。

少时的父亲是很野性的人，上山偷枣，下河摸蟹，包括打架都是好手，因为时代的原因也没能继续读书，却属于天生明理的那种人。结婚以后，为家庭，为母亲，他吃过很多苦，后来一切都有了，我也降生了，这一切都有了意义。

有一次我突然想到，父母都会在以后的某一天离去，到另一个世界。那时，我们在一起时的温馨就都没有了，只剩我独自一个人，可这又是无法避免的。生老病死，谁也无法躲开。于是突然就哭了，妈妈问我为什么哭，我不答，只记得，那时我很小。

现在，我依旧无法释怀生命的重与轻，依然不明白生活的意义是什么，但我懂得了祈愿，愿我的父母喜乐平安，愿天下所有的父母都喜乐平安，我爱他们，永远。

母亲已经收拾完了东西，安静地坐在沙发中，看着桌子上的月季花。那香气悠然，不浓，不烈，仿佛镌刻着过往岁月的痕迹，淡淡弥漫开来，让人沉醉其中。

我的爱情

一、你

“帅哥去哪里？”出租车司机漫不经心地问刚上车的我。

“火车站。”

简单的问答之后，便是车子发动的声音。

初来南方读书，听到别人称呼自己为帅哥时着实自我陶醉了一番，心想终于有人发现我的丰神俊朗英姿不凡了。可陶醉之余不禁自问，为什么从前在北方生活了那么久都没有人管我叫过帅哥呢？然后才发现，在南方，对年轻男女的称呼一律是帅哥美女，哎。

“赶火车吗？”司机也许是不喜欢太沉闷的空气，开始和我聊天。

“对啊。”

“是去旅行吗？”

“不，去看朋友。”

“哦，那一定是个很重要的朋友了。”司机笑了笑。

两个小时前，我还在学校的图书馆中看怎么也看不完的《史记》，司马迁先生写得果然是好，可也果然好长，我都快读了两个学期了，还未见结束。然后去食堂吃饭，发现无论高中、大学还是其他什么单位，食堂的饮食都有一个共同的特点，就是吃多了不觉得饱，吃少了也不会觉得饿，很神奇。在很安静的寝室中午睡一个小时，然后出来赶车。

外面刚刚下过雨，空气清冷，城市也仿佛不再如往日般喧嚣，有种莫名的孤寂。昨晚夜色尚未降临，就已经雨声连绵。耳中听到的都是雨水敲打屋檐的声音，那声音如涟漪般荡漾开去，连起千家万户的平凡喜乐，就那样一直远去，远去，直到你什么也听不到了，天地间只留下苍茫。可是你知道它在，知道有那样一个地方，那城外是城，山外是山，雨水氤氲开愁绪，弥漫在那里面。

一场秋雨一场凉，这在北方是每个人都很熟悉的谚语。我想起《故都的秋》中的对话，写得真有味道。郁达夫，最喜欢他名字中的“郁”字和“达”字，沉郁，旷达，一对原本矛盾的词汇就这样统一在一个名字中，似乎预示着某种命运。“曾因酒醉鞭名马，生怕情多累美人。”疏狂的名士浪子气背后，总感觉是深深的愁苦。我喜欢文字中的郁达夫，也许那并不是生活中真实的他，可是真真假假，又哪里有清晰明确的界限。也许那文字中的真实，才更可贵。

火车站到了，冷雨洗过的站台上人来人往，他们行色匆匆，进去，出来，他们的脸在人群中闪现一下便消失不见，身后是繁华而忙碌的城市。你也并没有不同，你也置身其中，行色匆匆，行走其间，为了生活而奔波忙碌。人群中有千万张模糊的脸，只有你的容颜清晰起来；你的身边流过霓虹．流过灯火，流过喧闹与斑驳，可是你却站在那里，一切如昨。你要去哪里？你为什么要远行，为什么要离开？

对于我即将要去的那座城市，我是陌生的，而它对于我，也并不熟悉。而且，我也并不确定，你是否会在那里等着我——方夕。

二、邂逅

窗外探过一枝迎春
檐下的鸟儿于是开始歌唱
美丽的花朵早已耐不住寂寞
趴在墙头
看热闹的街景
春天的邀请
万物都答应
说“不”的
只有我的爱情

我的姑娘
她喜欢安静
屋前种满了丁香和紫藤
只有夏季的凉风
吹开花儿淘气的遮掩
我才能看见她清秀的身影
我想唱一支歌给她听

又怕流水的欢笑
淹没了我的声音
我想让蝴蝶帮我传话
可它们“翩翩”笑我多情
日子就这样过去
直到秋风让它们安静

春天的鸟儿
早已不知躲去哪里
院子中
蟋蟀和秋蝉成了明星
偶尔会有一两片叶子
飘落进我的房间
它们没什么可唱
只想用摇摆的身影
告诉我它们还年轻
我摇摇头
看向窗外
枫叶染红了她回家的小径
直到蜜蜂
带来了她的叮咛
她的声音那么温柔又那么轻

我的心已经许给冬天的白雪
它们忠贞纯洁就像我的爱情
如果
你愿意等
当第一朵梅花盛开的时候
就是我对你的邀请

写这首诗时的我正在图书馆中某个不易被发现的角落里席地而坐，执卷苦读，自以为洒脱又大气，可惜来往的同学多半以为我不正常。

信手翻开一本古旧的诗集，无意中看到一首十分温馨的小诗，想不到五四时期忧国忧民的作家竟也会有如此温柔的流露，感慨不已，于是灵感被引动，就写出了上面的这首诗。

目前，我的爱情连影子都还没看见。据说上帝会为每个人安排好未来的伴侣，不知道轮到我时他是不是睡着了，这很可能。但后来的事实证明，上帝其实是没有睡着的，不仅没睡着，而且工作效率还很高。

在一个如往常一样的周末，如果没有那封至今我也不清楚为什么会送给我的邀请函，我会如往常一样去图书馆先看书再看电影，然后回来对着电脑风生水起地度过我的周末。但这封邀请函改变了一切，人与人之间的缘分真的很奇妙，你会认识谁，在哪里，什么时间，往往只是因为一个很随意的机缘。这是注定，还是偶然？

那是一个由外语系外教们举办的party的邀请，在这次聚会上，我认识了你，方夕，你说你名字的意思是正值佳夕，你很喜欢。

三、第一封信

亲爱的方夕：

上帝为我安排了爱情，在我抱怨他不久之后，并迅速将我设置成fall in love（这个词没语法错误吧？）模式，而且完全不管我会不会被淹死，这也许是他的复仇吧。都说在热恋中即使白痴也能变成诗人，这个说法没有错，当然，我指变诗人这部分，因为有这封信为证。它缘起于我今天在杂志上看到的一篇文章，题目叫作《女孩让我感动的十个瞬间》。我想和你一起分享，因为它让我想起了我们之间也有过的一些难忘瞬间，于是就有了这封信。

“刚追MM的时候我看起来很花心，她一直不敢答应做我的GF。狂追了一阵子，有天晚上我和MM一起轧马路，我使了个小聪明，问她，能不能牵牵她的手，没想到她当时竟然答应了。我牵着她的手走了很远，快到学校的时候才松开，那天感动得一晚上没睡好，MM也说她很高兴，于是我们开始了。”

刚和你相识的时候，我还清晰地记得，寝室窗外的树枝上落有许多麻雀（现在想来，难道不该是喜鹊么），叽叽喳喳好不热闹。那天晚上，我被邀请去参加一个聚会，聚会中尽管人很多，可我还是一下子就看到了你——方夕。

聚会中大家可以随意聊天，你打量了我几眼，突然问，你会说韩语吗？正在观察你的眼影颜色，暗想古人所谓的芳草绿是不是就是如此的我很有些莫名其妙，随口应道，懂一点。结果你立刻就说那吃饭要怎么说？“嗯……”了半天的我自然回答不出。

我们就这样认识了，如同呼吸一样简单自然。我要来你的QQ，你的网名是流觞，文学院的我当然会想起《兰亭集序》中的句子，“引以为流觞曲水”，那么这真是个奇妙的巧合，我曾经的笔名是秋水，秋水流觞，你看，我们注定会相识。

后来我们第一次约会，你在湖边的椅子上说，你的容貌呢，我有点失望（当时心里那叫一个汗，哎），但是你的人呢，我没失望。聪明的我当然知道这是你同意的表现啊，回寝室去笑了半天，室友们都有点发毛，以为我受什么刺激了。不过我有些得寸进尺，因为你并没有明白地说做我女朋友啊，于是就有了如下一段对话：

“你应该要明白地说出来吧？这才正式啊。”

“喂，这个应该要你先问吧？”

“也对，那，做我女朋友好不好？”

“嗯嗯，好，我愿意！”

于是我们就开始了。

“有次我回家，和MM两天没见面了，我偷偷地回来去看她。她见我时开始很惊诧，然后挽着我的胳膊半天没有说话，问我，你真的回来了？两年多了，我现在还能清楚地记得她当时可爱的样子。”

你去实习，我们很多天没见了，你要我去看你，我说累啊，不想去啊，结果你就愤怒了。其实我是打算偷偷过去，然后告诉你我到了，来接我吧。可是看你生气了，估计如果我按原计划进行的话，那么很可能到了之后你根本就不理我，弄不好我会流落异乡的，于是赶快打电话，说明心意，还好你宽宏大度。

一路颠簸，到了之后，等你过来。看见你长发垂怀，薄施粉黛，一脸开心的样子等着我，当时心中的喜悦难以形容。不论过去多少年，我也不会忘记你那天的样子。

“有天晚上我和MM一起坐公交车，送她回家，她有些累，靠在我的肩膀上睡着了，于是我很久没动地方，虽然胳膊和肩膀很酸，但她当时的样子那么招人心疼。后来我告诉她我那时终于明白张无忌抱着赵敏想一直走下去的心情了，MM脸红红地告诉我，她不认识张无忌和赵敏。原来她没看过一本金庸的书。”

我们经常在校园中漫步，都喜欢静谧的傍晚时分。

一次，你突然说要去钟楼，于是我背着你爬了上去。老实说你真不重，主要是爬山比较累。到了山顶我们坐在一起看山下的万家灯火，你偎依着我，城市里人来人往，灯火辉煌，我们却坐在灯火阑珊的地方，悠闲又满足地看着这一切，仿佛从生活中逸出片刻，在远处静静感受它的美好，我想这就是我想要的生活吧，像两只小猫。你可能又会嗔怒说我把你比成猫了吧？那是因为，我很喜欢猫啊。

“那还是在上大学的时候，MM和别的男生出去，我很不高兴，虽然我也知道他们只是很普通的朋友。晚上快一点钟的时候我手机响了，MM告诉我她一直睡不着，怕我不高兴。我突然觉得自己很自私，想告诉她，我好想抱她。”

那天是你生日，我们却吵架了。

那天你和别的男生出去爬山，我运用逻辑推理认为关注你生日的男生多半也是关注你的男生，狮子座的我第一次没了狮子宽广的心胸，虽然我能理解你去的原因。

晚上我们和好了，你泪痕未干地笑着问我，是不是别人谈恋爱也像我们一样的辛苦？那时的我，也好想拥你入怀。

“有次和MM一起看电影，什么片子我忘了，MM赖在我怀里，说她终于可以为我放下好多东西了。那天，是2001年10月7日，我第一次对她说，我爱你。”

我们一起去看《画皮》，当惊悚镜头出现时，你抓住我的手，头埋在我怀里，我很开心。那天，是某年某月某日（对不起，我记不住了）。

“刚和MM开始好的时候我们写了很多很多的E-mail，后来MM给我写了封纸质的信，她说这样的感觉更好，说不管我和她的结果怎么样，都希望我过得比她幸福。那天是我和她在一起之后第一次流泪。”

我们彼此发过许多短信，看到你的短信很开心，尽管那时候你主动发给我的很少，可我有时还是会一整天地等你短信。后来知道你曾将我的短信都抄在了本子上，已经快写满了，最后把它丢弃的时候，我在寝室还了许多泪水给你。男儿有泪不轻弹，只因未到伤心处，诚不虚也。

“和MM看电影《嫁给有钱人》，当郑秀文的那首《玻璃鞋》响起的时候，我告诉她我现在就是这个世界上最有钱最幸福的人，她掉眼泪了。回去之后她忽然趴我怀里哭了很久，说她怕她自己会离开我，我说你离开我干吗，我是这个世界上最有钱的人，她哭得更凶了。”

我们相处后不久，你就提出要分手，因为你觉得我最终会回故乡去的，你不想谈一场注定要分手的恋爱。于是在操场上有了这样一段对话：

“毕业了，我会在南方找工作，我喜欢这里的花。”

“嗯。”

“有空时，我们就回去，我带你去看北方的雪。”

“嗯。”

“只要两个人想在一起，就能在一起。”

“嗯。”

“所以，我们不分开。”

“嗯！”

“能不能不再嗯了？”

“嗯？”

我们都笑了起来，你轻轻靠在我的肩上，在我耳边小声说，我们不分开，我们在一起！

那天晚上的星空很灿烂。

“我和MM恋爱两年了，其实到现在追她的人还很多，比我条件好的也不乏其人，有有钱的，有有魅力的。那次偷看MM和她好朋友的聊天记录，她告诉她的朋友，如果现在她要结婚，她一定会嫁给我，因为她觉得我的感情最可靠。”

在这封信的最后，我要首先祝愿这篇文章的作者和他的女孩相爱永远，不离不弃。其次，我想对你说，生活很辛苦，总有无奈，总有伤心，总有许多意想不到的困难，可是都会过去的，因为，我们相爱。

你的，采言

有一本书的名字叫作《一生要做的99件事》，其中一件，是热烈地爱一次，不在乎一切，不害怕受伤。我想那是对的，因为只有经历过和正在经历着的人才会明白，那有多么珍贵。

四、分手

没有什么能比车窗外飞逝的景物更能提示你什么叫人生如旅了，我想我真的很不会写文章，为什么要写下不怕受伤之类的词语。

生活不是韩剧，聚散无常才是它的底色。

我想看一部喜剧电影，电影中不要有人死去；我想听一个大团圆的故事，故事中不要有人分离。生活中已经有太多的忧伤了，为什么我们还要制造悲伤？你永远都不知道下一刻会发生什么，不是吗？

考完试的方夕从图书馆中出来，天空很蓝，空气很热。我和她一起慢慢走到校园旁边那几亩菜地旁，坐在黄色的菜花和绿意盎然的草地上，远处不知名的机器在轰鸣，可我什么都听不到，耳边只有方夕轻轻的、平静的话语："我们分手吧。"

阳光很热，我的后背已被汗水浸湿，可我什么也感觉不到。

你说过与我相伴，别无所求的。

你说过我们不分开的，那为什么突然要离开？

你说过不会轻易开始一段感情，既然开始了就不想受到伤害，那时起我就对自己说无论我们之间发生了什么，我们都不说分手。因为遇到你，我觉得生活更加美好。你的短信，你的声音，我都已经那么熟悉了，你怎么能那么轻易地就都忘记？

你一言不发，坐在草地上，手中玩弄着一根细细的草叶，什么也不说。最后，你站起来，"让我们把彼此赠送的东西都还给它原来的主人吧。"

我点点头，你的语气很轻。

我慢慢地回到寝室，一件一件地找出你送我的东西。

一个十字绣的大头娃娃，那是我们相识不久时你送我的。我们坐在湖边的椅子上聊天，夜凉如水，不时有青蛙跃入湖中，你突然问我，我的手机是什么样式的，然后拿出这个娃娃，说这是个挂坠，用来装饰手机的，配你的手机一定很合适。昏黄的路灯投下暖暖的光在你的脸上，你笑得那样美，融入湖面倒映的灯火中，让我不知道那温暖是来自灯火还是来自你。

大头娃娃的脖子上系着一条红色的手链，那是你为我编的，你也有一条，可你就是不承认那是情侣链。我只戴过一次，不是不喜欢，而是舍不得。

还有一张贴画，两只相互牵着的手，执子之手，与子偕老，我还来不及贴，为何离去得那么急？

我站在你们寝室楼下，静静地等待。花坛中的树依旧那么绿，天空被楼顶分割，空中的云彩依旧那么洁白，一切都没有改变，为什么变化的总是人呢？这个世界，真的没有什么可以永恒吗？

你出来了，手中提着一个黑色的袋子，我的心突然一阵难受，那都是我送你的东西，每一件都代表着我们一起做过的一件事情，你就这么把它们还给我了，它们再也拼不完整了吧？

我们一路默默地走着，下意识地走向我们常去的地方。我们都走得很慢，路似乎总也走不到尽头，我忍受不住沉默，对你说：“如果你嫌路长，我给你讲个故事吧？”

“不用了。”你的声音依旧很轻，很遥远，遥远得不那么真切，仿佛一碰就会散落地上碎成片片忧伤。

我们刚认识的时候，你说我是学文学的，要会讲故事才行，我便把读过的作品讲给你听。还记得给你讲的第一个故事是柳文扬的《闪光的生命》，故事的结尾有句话：一百年，真的很长吗？感动了无数读者的句子也打动了你，你不说话，长长的睫毛下好像有泪珠闪动。

沉默中，两个人，走到了路的尽头。

我们接过彼此手中的袋子，站在那里，任由阳光肆无忌惮地射入眼睛，强烈的光线让我看不见你的眼睛，但我知道，那里面曾经有我的样子。

你说："让我们做点什么吧？"

是的，应该做些什么，可要做些什么呢？

"我们一路走到现在，还没有完完整整的一整天都在一起呢，我们就最后在一起十二个小时吧，这十二个小时里，我们都要开开心心的，为彼此留一个美好回忆，好吗？"你低着头，眼光注视着地面，声音飘渺。

我想起《闪光的生命》，一百年，真的很长吗？如果一百年都不算长，那么不到一年的爱情，是短暂的吧。我们短暂的爱情，现在只剩下12个小时了。

"好的。"

现在是晚上七点，开始计时吧。

你好像突然变了一个人，仿佛刚才什么都没有发生过，笑着对我说，我们吃饭去吧，一天没吃东西了，好饿啊。我们牵着手，走到外边，卖蔬菜的阿姨笑着问我们买菜吗？我忙说不用，谢谢。你呢，双手很有节奏地一下一下左右摇摆，头也随着摆动的节奏轻轻晃动。

你真可爱。

我们来到外边的小餐馆，这里很小，却也安静，仿佛知道我们会来，收拾得很干净，窗外有散发淡淡香味的花，花下趴着一只很乖的狗。你笑着和它打招呼，可它没什么反应。

点好喜欢吃的菜，我们边聊边吃，我们用筷子抢菜，我卷好东西喂给你吃，让你闭上眼睛故意把菜放到你的鼻子下面恶作剧，你开心地笑着。是我的错觉吗，相处那么久了，每次见你笑，都觉得那笑的背后有一层隐隐的忧虑，从未感觉你像现在这般开心，如此轻松地笑着。

吃完饭，我们散步，天空中有雨点落下，打到地上，溅起点点微尘。你说我们不回去了，找个地方休息一下吧。

旅馆里家具很简单，有一张不大的床，不大的、可以收到十几个台的电视机和一张桌子。拉开窗帘，可以看见夜空中的繁星点点。

"你热吗？"

"嗯，有一点。"

"那我去买把扇子吧。"

"好，你去吧，我等你。"

我跑出去到校园超市买扇子，回来听到哗哗的水声，你正在洗我的衣服。

你洗好，我把它挂起。

你说今天晚上很热，你说美国文学很难学，你说自己没去认真上过日语课却考了及格，你说……

其实平时你的话不多，不知道为什么，这一会儿我们坐在一起，你说起来就不愿停下。我拿过手机看看时间，你说看什么呢，有什么消息吗？我说看时间，看12个小时还剩下多少。你轻轻地打了我一拳，就那么轻轻浅浅的，我却说不出话来。

那天晚上，我们一起看偶像剧，我没有戴眼镜，电视画面看起来就好像都市中五光十色的霓虹，闪烁，变化，直到模糊。

等待剧情结束的时间很长，又很短。

电视剧谢幕了，关掉灯，很黑。

你的手，很凉。

我握着你的手，你靠着我，就那样，我们睡着了。

没有一点分离的伤感，只感到平静，安详，和你在身边带来的喜悦。

等我醒来，天，快亮了。

只要我们闭上眼，天就不会亮，对吗？

可天还是亮了，12个小时，过去了。

继续闭上眼，留下的只是一个人的黑暗。

我睁开眼，说我送你离开好吗？你微微摇摇头，说，你先走，过一会儿，我再回去。

为什么我们不一起走完最后一段路呢？

你说你欠我一次，有一次你留下我，独自走掉了，这回我先走，就扯平了。

于是我，轻轻关上门，把你留在门内，把忧伤关在门外，离开。

五、第二封信

虽然知道火车上阅读对眼睛不好，可习惯的力量终究更大，我从背包中拿出一封信，目光再一次驻足在熟悉的文字间。

亲爱的采言：

不知道以后会再这样称呼你的人是谁。

似乎有许多话想说，可提起笔来就茫然了，不知道要从哪里说起。大二时，我身边的女孩都谈起了恋爱。晚上，大家归寝后，纷纷和恋人通起电话，一片娇柔暖语围绕在我身边，看着她们幸福的表情，觉得自己更加落寞。

忍不住装作漫不经心的样子去听她们的谈话，想知道，恋爱中的人都会说些什么呢?

听了后才觉得好像也只是琐碎无趣的话题吧？今天吃了什么，好不好吃，会不会发胖，如果胖了你还喜不喜欢我。那部电影很好看，你看过没有，想和你一起去看。

我对爱情的憧憬被打击了不少，然后，在那次party上，我遇到了你。我猜你到现在也一定还很奇怪，为什么我问你的第一句话是你会韩语吗？是啊，为什么呢，你一定觉得我刁钻古怪是不是？现在不怕告诉你了，答案是——想打击你一下啊。

你在聚会中又是跳舞，又是背诗，和谁都能侃侃而谈，一副学识渊博、无所不能的样子，还好像很享受周围人羡慕的目光似的。我当时心中就很反感，这人。结果，你果然不会韩语，却还骗我说懂一点，果然，这人。

其实本来想问你懂不懂希腊语的（笑）。

可是，后来和你在一起后，却发现，你说读过哪本书，就能复述它的内容。你说自己会跳哪支舞，就曾为它练习过很长的一段时光。你说你不会某件事，就真的一窍不通。

原来，你并不是在炫耀，是真的懂，真的会。

原来，你只是不懂寒暄，不懂客套与敷衍，人家说什么，你就相信什么。

这样的人，是不是很傻？

可为什么，我会有点在意？

你，还有我的朋友们，都曾说过我喜欢把心事深藏，那么此刻，我痛痛快快地都写给你。

对你的感觉，起初是反感与讨厌。原谅我，就是这样子。后来，后来就变成淡淡的喜欢了。那时你刚要走我的QQ号码，我觉得很喜欢和你聊天，也隐约感觉你应该是个正直诚实的人。那次你给我写了篇大学建议，其中有你的经历，我看后很感动，所以回赠了你一份小礼物。那篇建议，我把它打印了出来，从中还读出你应该很上进，于是对你的感觉也一点点改变。再后来随着相处时间的增多，觉得你诚实，正直，还很有才华，尤其在看了你写的东西以后，从淡淡的喜欢到很喜欢，还有点崇拜。

你若得不到一个女人的欣赏，也注定得不到她的爱，好像是古龙说的。

恋爱中的我，和之前我所不屑的室友们也没有什么不同。会很在意你是否发现我的皮肤比前几天晒黑了一点，为了骗你去吃一顿我喜欢的干锅而绕很多弯子。今天我换了一条新手链，你有没有觉得它很适合我？我的头发剪短了一寸，你怎么没发现？

原来，一切的宏大和模糊都会清晰成一个个琐碎的生活细节，让人忙碌其中又乐在其中。

爱是最好的哲学。

然而情到深处，恋人们都会面对的一个问题也出现在我的面前，而我，并没有准备好。我相信你，所以坦白地告诉你，并问你的回答是什么。

你给我讲了一个故事，关于你小表妹的。

她很漂亮，也很叛逆，只会偶尔听听你的话。19岁那年，交了一个男朋友，然后在交往了三个月的时候，爸妈外出有事。不知道她哪里来的勇气，心里是怎么想的，竟然把这个平时三句不离荤段子的大男生叫到了家里。

当天晚上，他亲自下厨为她做饭，饭后他在房间的沙发上打游戏，而她躺在他的怀里，其间几个小时，他一定很想要，可什么都没做。

到了午夜一点，他们开始铺床。第一次把男朋友叫到家里，而且只有他们两个人，但之前说好了，只睡觉，不做爱。

躺下后，沉默了几分钟，他摸摸索索地抱过来。那时候是八月，房间没有空调，只有一台小电扇，他抱着她，没一会儿就汗津津的，然后过了会儿他便睡着了。第二天早上起来，他们接吻，吃早餐，她送他去车站，什么事都没发生。

往后的日子他也偶尔到她家去，每次都是亲吻、拥抱，点到为止，然后就为她做饭，吃完就匆匆离开。他家到这里坐公交车大概是两个小时，也就是说，来回花费了四个小时的时间，可能只是陪她看一部电影，为她做一餐饭。

最后，他们还是没能在一起。而他到最后，也没有越过那条线。

这故事是你的小表妹哭着和你说的，你不知道该怎样安慰她。后来你对我说，那个男孩的做法，也是你的回答。

那一刻，我好爱你，因为你那样珍惜我，尊重我。

可是，随着了解的加深，我觉得你很随意，对有些东西不很在乎，也有跟你讲过，我不是很喜欢你的这种随意。你说你会为我改变，但我依然觉得性格决定的东西要改变很不容易。

你曾暗恋过一个女孩，而那个人不是我，这一点，也让我介意。

再后来，我恨过你，因为你欺骗了我。

那一晚，我现在依然记得清晰，我想是我太无知，不懂得很多生理知识，你说你不会那样，我相信了，你说你只是……我依然相信了，再后来我只感觉到撕裂的痛，那一刻我好恨你，你在我心中君子的形象瞬间就变了。接下来是害怕，我觉得我没有了最珍贵的东西，而且你的举动让我觉得陌生。

你不会理解我那时的心情。

还有，毕业时，我就要回故乡去了，那里有我眷恋的父母和兄妹，而你，是无法离开你早已熟悉的北方的吧。但此刻，我只想离开这个城市，到一个陌生的地方去。昨晚我哭了一夜，不是因为后悔而流泪，而是因为难过，因为做出这样的决定而难过。我想给你一个美好的回忆，为我们这段，并不长的恋情，画一个也许还算值得回忆的句号吧。

我想和你好好地度过一整天。

天亮之后，我们说分手……

后会无期。

曾经爱你的，流觞

这封信是你的室友给我的，她说她也不知道你去了哪里实习，你没有告诉任何人。

我终于知道你为什么离开了，但故事的结局，不该是这个样子。

六、你能不能唱一首歌

20岁之前，方夕有一个walkman，很古典，嗯，或者说很古董的那种，放在书包中。它陪她度过了高三那一段艰难的时光。

“每一件你常常使用的东西其实都是有生命的，能感受你的喜悦与忧伤，所以你要好好对待它。”这是几年以后在大学中遇见他，他的理论。不过她很不以为然，他总是有些古古怪怪的想法，而且，她实在无法相信这段充满诗意的话会出自懒散到一件衣服可以穿一个星期的他口中，就像她不相信每一件玩具中都藏有一个精灵这么美的句子会出自她那脸如古井不波的爷爷口中一样。

可这个古老的walkman，却陪她度过那段几乎撑不住的日子。她并不很聪颖，却偏偏流浪了一年；她并不很坚强，却偏偏要承受复课的压力。无边的作业与习题，父母殷切的期待与希望，她只有每晚看书到很深很深的夜。当感觉自己寂寞得如同躲在角落里不敢开放的花朵时，就打开walkman，听清凉空灵的声音在夜色里绽放，抚慰着一个小女孩的忧伤。她喜欢听王菲、刘若英和梁咏琪。

她有一副很好的嗓子，在不知不觉中学会她们的歌，可她从来不为别人唱歌，只唱给自己听。

那时班中有个很腼腆的男孩，坐在自己的前排，看见她时会脸红，在她面前关窗户时手会轻轻地颤抖。她想，如果他对我说请唱支歌吧，我就唱给他听。可那个男孩，从来没有和她说过话，直到明媚的六月，毕业，分散。

日子就这样过去，20岁的生日，也在盛夏的蝉鸣中过去。

进入大学之后，她买了一个简单的MP3，这样，在走路时，看书时，也都有音乐陪着她了。可她依旧习惯躲在角落中，偶尔会幻想自己成为童话中的灰姑娘，遇见一位英俊又忧郁的混血王子。想着想着就觉得自己很神经，吃着泡面笑了半天。

在大学中，一切都改变了许多，只是她依旧只唱歌给自己听。被同学拉去KTV时，她宁可当个乐痴被人笑，忍受各种五音不全对经典歌曲的糟蹋，也坚决不开口。

“喂，你能不能唱一首歌啊？”

她在图书馆中不经意地信手翻看着一本本书，书页间散发出淡淡回忆的芳香，那香气无处不在，令人无法躲藏。她抽出一本外国文学作品选，打开目录，却不觉停住了正要翻下去的手，静静地盯着目录，耳中只有盛夏的凉风翻动书页的声音。

她叹了口气，轻轻合上，放回原处。

里面的第一篇小说是施笃姆的《茵梦湖》。

那个时候校园中草木葱郁，阳光干净，树上的知了也很高兴，那时的她认识了他。

那个夏天她在图书馆新书阅览室中做管理员，借阅、还书、整理，偶尔皱起鼻子闻闻从书架间逃逸而出的混合着书页与阳光味道的独特气息，那气息令她常常有种时光倒退的错觉。如果时光真的可以回溯，如果她还是那个扎着两条小辫子的小女孩该有多好。

她很认真地工作，同学们都很喜欢，只是，她从来不肯笑一笑。直到那天，树上那似乎不知疲倦的知了如今早已不知躲到了哪里去，可她却依然清晰地记得那个午后。那个午后知了不叫了，温暖的阳光打碎了，散落在她的头发上，阅览室很安静。他递过一本书，德国作家施笃姆的《茵梦湖》，那上面贴着一只加菲猫，这只世界有名的懒猫正和他一样有点狡猾地看着她笑，她不禁轻轻地，笑了。

后来很多次，她都想知道自己那时的笑容是什么样子，可他从来没有告诉她。

应该，会很美吧。

然后他们一起读着那本书，他说她低头看书的样子很安静，却又似乎很遥远。

午后的阳光弥漫开她长发的清香，茵梦湖水从书页间流溢出来，湖水温柔的包围着他和她，流向远方。

他忽然对她这样说："喂，你能不能唱首歌啊？"

她一愣，有些羞涩地摇了摇头。

从图书馆中出来向寝室走去，小路上还留有阳光的余味，路过湖边，湖边有几许垂柳，柳下有三两长椅，椅子上不知是哪位老师家的孩子在嬉闹玩耍，不远处一对校园情侣正相互依偎，路灯为他们投下昏黄温馨的灯光。

她仿佛，又回到了那初识的时光。

"喂，你能不能，唱一首歌啊？"

山顶上夕阳刚刚没入远山，远处华灯初上，她和他并肩坐在山坡上看下面城市中川流不息的车辆与灯火。晚风，虫鸣，天上的繁星，地上的街市，流动的灯火汇成一条河流，模糊着生活与幸福的界限。她喜欢这样的景色：人们行色匆匆，行走其间，为了生活而奔波忙碌，你和我都置身其中；人群中有千万张模糊的脸，只有你清晰起来；你的身边流过霓虹，流过灯火，流过喧闹与斑驳，可是你却站在那里，孤单如旧。

她爱看这万家灯火，城市中平凡甚至庸俗的小市民那简单而温馨的生活让她感动。生活，真好。

他专注地看着她，轻轻对她说，喂，你能不能，唱首歌啊？

她愣了愣，沉默一会儿，依旧笑着摇了摇头。看着他失望的神情，她觉得有些歉意。

其实，她只是在等待一个时刻，一个可以确定他对自己的喜欢不是因为寂寞，不是因为巧合，不是一时冲动，不是……只有这样，她才可以确定他们之间那易碎的校园爱情可以被一个叫永远的词汇来形容。那时，她就为他唱歌，用自己不为他所知的美丽声线唱许多支歌给他听。

“喂，你能不能唱一首歌啊？”

以后再也不会有人这么问她了吧？今天是七夕，她一个人出去逛街，走在繁华的城市中，你我都是过客，没有什么可以留得住。她一直很喜欢这样一个电影镜头：远处无数的人行色匆匆，只有你在画面中撑着一把伞，寂寞如故；整个画面都是黑白，只有你，是镜头世界中唯一的色彩。每个人都在你身边走过，他们忙忙碌碌寻找着什么，而你，寂寞如初。

她是一个相信爱情就是承诺的女孩。

从最初的拘谨到曾经的浓烈到如今的难过。她知道他会为她改掉懒散和一切自己不喜欢的习惯；她知道如果在一起，他会一直待她好，直到永远；她知道……可无论有多少个知道，他还是欺骗了她。他说不会拿走她最宝贵的东西，可还是……当她靠在他身旁的时候都不再有从前的温暖与笃实的感觉了，她看他的眼神中都不再有那种叫爱情的成分了。她自己也不明白为什么会变成这样，这一切是怎样发生的？为什么会发生？她曾很用心地去寻找答案，可生活不是从前做数学题，每一道题都有一个唯一的答案，只要她努力去寻找，就总能找到。

初见，一瞬花开的时间，记住一个笑颜。

相恋，一次候鸟飞过的冬天，留下白雪片片。

她明白，故事里的最后一片绿叶也终于褪去了颜色。

当爱情已经逝去，你要怎样做？

…………

她来到城市中的一座人工湖旁，轻轻地，拿出一本书，呆呆地站了很久，最后放在唇边轻轻一吻，把书推入水中。它顺水飘去，在湖心荡起层层涟漪，一圈一圈氤氲开来，直到模糊了眼睛与心的界限。是错觉吗？她的眼前出现一抹绿意，那个时候校园中草木葱郁，阳光干净，树上的知了也很高兴，那时的她认识了他……

《茵梦湖》消失在湖心深处，也带走了一个美好又青涩的梦。

那个夏天，图书馆，午后的阳光，还有一个侧头笑着的男孩，你在她心中永远都是初见时那有点狡猾的模样，你是她在青春旅途的末尾遇见的一段风景，是率真岁月馈赠给她的一首歌，关于甜蜜与忧伤，关于微笑与成长。

许多年以后，他还会保留着那个笑容吗？他会老去吗？她不知道。

阳光混合着青草香，我们就这样，告别了过往。

今天是七夕，以后每一年，依旧会有一个七夕。

她走到一个陌生的街口转角，想起有关他的点滴过往，最后还是没有能够为他唱过一首歌。现在，她唱给他听：

你说起那条回家的路，路上有开满鲜花的树

秋天里风吹花儿轻舞，阳光会碎落成一面湖

陌生的城市让人想哭……

唱完她对自己说，哭吧哭吧方夕，这是最后一次了。

七、第三封信

亲爱的流觞：

我不知道你是否会看到我写的邮件，我也不知道你去了哪里，你的邮箱是否还在用，但我会写下去。

人生若只如初见，何事秋风悲画扇。我很早就读过这首词，当时只觉得第一句很美，就那么毫无征兆地扑面而来，激起心中缕缕回忆往事的波澜，然后又复归平静。然而也只是觉得很美而已，从来不觉得这是一句伤感的词。“家家争唱饮水词，纳兰心事几人知？”他几乎拥有人们渴望的一切，可他的词为何写得那么伤感？没有人知道他的心事，那么你的呢？你的心事，我也没有好好地体会过，真的很对不起。

和你一起去图书馆二楼阅览室那次，你很兴奋，可以一下子拿那么多书而不必担心管理员缺乏礼貌的斥责。我把《茵梦湖》找出来给你看，你低头看书的样子很安静，却又似乎很遥远，午后的阳光弥漫开你长发的清香，茵梦湖水从书页间流溢出来，湖水温柔地包围着我和你，流向远方。

从图书馆中出来向寝室走去，校园小路上还留有阳光的余味。路过湖边，湖边有几许垂柳，柳下有三两长椅，椅子上不知是哪位老师家的孩子在嬉闹玩耍，不远处一对校园情侣正相互依偎，路灯为他们投下昏黄温馨的灯光，我仿佛回到和你初识的时光。

前边是钟楼山，因为山上修了一座钟楼而得名。你知道吗，据说那钟原本是放在主教学楼前用于镇压魑魅魍魉的，也据说乃本校历史学院一教授观此地风水后给出的建议。该教授业余喜好研究《易经》，本是一己兴趣，却不料竟然因此而名闻全校，时常有同学结伴前去“算命”，想必也是该教授所意想不到的吧。

鹅卵石铺就的上山小路依旧熟悉，却不再有熟悉的脚印了。我曾和你一起爬过这座山，途中若是遇见下山的同学你就扭过头装作不认识我，脸色和夕阳一样。到山顶时夕阳刚好没入小山，远处华灯初上，我们并肩坐在山坡上看下面城市中川流不息的车辆与灯火。

晚风，虫鸣，天上的繁星，地上的街市，流动的灯火汇成一条河流，模糊着生活与幸福的界限。

身边的你是不是也这样觉得呢？当时说了些什么，现在我已经回忆不起。时间，真的能不留痕迹地抹去所有吗？

也许不能，至少我对你的记忆不能。

还记得那盒木糖醇吗？我一直保留着它。那里面早已没有了糖，只有一张粉色的小笺和上面一段熟悉的文字：

如果回家的话，旅途该会很辛苦吧？送给你这个，希望可以缓解你一点点的疲惫。

不用谢我啊，算是对你损失的脑细胞的小小补偿。

一路顺风。

——谢谢

字迹不算清秀但很工整，写字的人很用心，刻意地想写好它。每次我看，都会模糊了视线，是错觉吗？盒子并不在手中，眼前出现一抹绿意，木糖醇被装在一个好看的袋子中挂在一棵榕树的枝干上，那是我第一次接到一个女孩的礼物，那个夜晚没有风，那个夏天知了很高兴，那时的我认识了方夕。

人生若只如初见啊……

方夕，我无法忘记你，一个喜欢侧头浅笑的女孩，你在我心中永远都是初见时那轻轻微笑的模样，就那么静静地站着，对着我笑。

相识至今的点点滴滴，好像涨潮的水带着窒息般的气息蔓延上我的心头，我无法控制自己不去想。

第一次牵手，

第一次拥抱，

第一次去影院看电影，

第一次出游，

…………

你的笑，

你的恼，

你的种种好，

…………

我祈求你的原谅，我会去有你的地方。

你的，采言

八、我想和你一起做的事

背包中除了那封信，还有一套漫画——《1区212》。

很早就开始跟着连载看了，其实最初是不喜欢这类四格漫画的，因为早已看惯了日式漫画，很不适应。可只看了一期，就被愉快轻松的故事和温暖流畅的画风所吸引。一直以来，都当这部漫画只是轻松的调剂，不用思考，看着就是笑笑而已，可看到最后，却被感动了。

漫画已经出完，我买到了一套留作纪念。故事的结局其实算是圆满的，一切的回忆最后定格在一张照片中。和画中的人物一起走到现在，有时真不知道是自己在陪着画中的人物，还是他们在陪伴着自己。“最重要的是，我们在一起。沿着各自的方向，一起追逐，放飞希望！”应该算是很俗气的句子了，可是看到这里，有点想哭。

为什么这样一部让人欢笑的漫画，到最后，他们却还是风吹云散了呢？为什么不能永远不分开，一直在一起？

我并没有很想你，我只是在早上醒来的时候，习惯性地看看手机中有没有你发来的信息；

我并没有很想你，我只是在聊天的时候，打开你的对话框，看着你的头像，或者，重温一下以前的消息记录；

我并没有很想你，我只是在和朋友的聊天中，经常地提起你，讲那些也许他们都早已听过的事情；

我并没有很想你，我只是在吃东西的时候，想着如果你能和我一起吃，那该是多么开心的事；

我并没有很想你，我只是在听歌的时候，偶尔会为某句歌词打动，想象着如果你听到时的样子；

我并没有很想你，我只是想看看你的样子，听听你的声音；

我并没有很想你，没有……

我想和你一起看一部电影，那是一部苏联的黑白片——《两个人的车站》。我们来到这世上，都是一个人，站在空寂无人的车站看着一列列远行的列车，等待着自己可以登上的那一列来到。车来了，又走了，我们上去了，又下来了，在另一个车站，继续着等待，不知道列车什么时候来到，又将驶向什么地方。直到遇见一个人，彼此轻轻地说声嗨，一起等待。两个人的车站，就是一个完整的世界。

我想和你一起听一首歌，用那种有两个插孔的MP3。我戴耳机，你戴耳麦，我时常想象你戴着耳麦的样子。我们一起体会歌中的喜悦与忧伤，你靠在我身旁，眼睛在黑暗中闪闪发亮，像猫咪一样。

我想带你去自己常去的书市，在书市里我从不吝啬，那里有美味的五元一串的烤羊肉串，你一定还没有去吃过。

我想为你读那首小诗："从书页间飘出紫罗兰的芳香，这朵我故乡原野生长的小花，年复一年，没谁知道它的来历，走南闯北，我也再不曾找到它。"

我想听你用各种不同的语气说嗯。

我想……

九、愿时光不老去

无论怎样漫长的旅途也终会到达终点，无论怎样紧张的期待也终会得到结果。火车缓缓驶入车站，我的目的地，到了。

拿出手机，点开收件箱，一封已经不知看过多少次的短信出现在眼前：

B市很美，我也许在那里，也许不在——方夕

我用手指擦拭着手机屏幕，这是她留给我的唯一信息，在我发出最后一封邮件之后。

亲爱的流觞：

我想告诉你一件事，我已经签了工作了，在M市，一所重点高中，我不回北方了，我喜欢这里。

这里的冬天不下雪，常有花香。

你的，采言

我随着人流走出车站。

突然，我听不到身边的喧嚣，也看不到周围的人群，因为我看到——你的微笑，一如初见时那般美好。

方夕。

愿时光，不老去，就这样，到永远。

◆ 毕业晚会

每一篇文章都会写下收束的一笔，每一支舞曲都有一个安静的谢幕，每一段年华都会成为一段过去的讲述。

我们开始筹备起毕业晚会。

舞台上，小郭埋头调试音响；丁冬手持彩带忙来忙去，兴致高时还会忙里偷闲做个现代舞中的旋转动作；正在仔细布置舞台背景的肖凌身上挂满装饰用的鲜花，巨大而华丽的幕布映衬下，她显得很落寞；角落里，陈萱坐在钢琴旁，跳动的指尖流淌出一串串音符；笑南则手持相机，为我们最后的校园时光留下一张张印记。

二哥呢，照旧做老本行，当起主持人。他正对着晚会主持稿摇头晃脑，背得起劲："大学者，非大楼之谓也，非大师之谓也，非……"我听到这里有些纳闷，问道那大学是什么？二哥看看说稿子没写，我就带着一副孔乙己知道茴字四种写法的得意表情给二哥讲解了此话的出处并指出其错误，应该是："大学者，非谓有大楼之谓也，有大师之谓也。"出自清华老校长梅贻琦老先生之口。

"一字之差，谬之千里，汝知之否？"

“哦。”二哥很受教般地点了点头，随即又立刻作金刚怒目状，说这稿子出自他们班上的一个女生之手，实在有辱中文系的颜面，索性不用了，改现场脱口秀。

除此之外，二哥还准备献曲一首。目前征集出的晚会曲目大多是伤春怀旧、离情别绪之类的风格，一派凄凉景象。另一位主持人觉得即使是毕业，也要有一点激情，不能全学柳永“多情自古伤离别”的哀婉，还要有王勃“无为在歧路，儿女共沾巾”的洒脱。于是找到二哥，问二哥可否来首激情一点的歌，没想到二哥慨然应允。

这下我们很兴奋。二哥一向是玩世不恭的样子，一个从来对什么都不大关心的人一下子认真起来了总会让人期待。不断有同学前来打听，哎，二哥，听说你要唱歌了？是不是真的？二哥说没错，我要整点思想，买把吉他，开始摇滚了。于是众皆大喜，期待中。这几天二哥每天带着耳麦，熟悉旋律。午饭间另一个担任主持的女生过来了解二哥的进度，二哥懒洋洋地看了看她，说你放心吧。其实他打心里不喜欢这样，心想你既然把事情交给我了，那就别管了，怎么做是我的事，最后肯定给你个交代就是了。

如是，每天傍晚二哥都会一个人到操场，并坚决阻止我们跟去，据推测应该是练习摇滚中的吼叫，想想看，月黑风高，四下无人，突然一声长啸传来……

与二哥的摇滚不同，陈萱正在琴房中弹出一阵阵流水般的温柔。

其实现在的生活本可以很悠闲，一段时光即将结束，静待着新一段学习生活的开始，没有对未来的担忧，只有温暖、留恋，与期待。

这是一个最好的假期，最好的时光，可以做任何想做的事，也可以什么都不做。可陈萱却实在闲不住，每天都想着要做些什么，无论什么事都好。因为人生有诸多美丽，也许可以再创造，却不可以再重复。

她在校园超市买东西的时候被赠送了一个易拉罐装的魔豆，把它带回寝室，晚上按照说明把易拉罐打开，在里面注满水，放在通风好的阳台上，说明书上说一周以后就可以发芽了。等着你发芽啊！

不过不知道这算不算很无聊。

今天外面的天气很热，知了叫个不停，想出去走走又不知道去哪里，索性来琴房为晚会中的节目练习伴奏。想起刚刚同学发来的短信，曾经的小学好友如今已经结婚成为人母，心中感慨莫名。好友说做了妈妈以后感觉不一样了，宝宝如果不小心摔到自己会心疼得掉眼泪，真是好奇妙的感觉。陈萱觉得她很幸福，虽然少了一些从前的自由，但多了一些幸福的约束。

她想起一首很久不曾弹起的曲子。

那首歌唱在心底，也许很久都不曾听过；那首歌就响在耳边，也许只是想让她停下来，哪怕一会儿也好。手指又放在了好久都没有触摸过的琴键上，原本以为自己什么都不会了，可还是那首最喜欢的曲子，没有在指尖犹豫不定；还是那段熟悉的旋律，像是别人在弹给自己听……

我喜欢空荡荡的走廊，阳光照耀着，隐约传来了嘀嗒的时钟声，可是仔细一听却又没有了。

我喜欢春雨濛濛，柳枝细细，烟笼飞絮。

我喜欢悠长的小巷，破败的院落，以无语的形式诉说时间的故事。

我喜欢空亮的天井，在里面说话轻言细语，却清脆异常，我以为在它的某个角落住着时间的灵魂。

我喜欢，太多的喜欢，只是到了最后却无言……

优美的琴声飘出琴房，飘进图书馆，回荡在静谧的校园上空。

我躲在图书馆中。考研的事尘埃落定后，本以为距离毕业还有几个月，可以安安静静地读一段时间书了，就这样告别最好。可是总有些琐碎的事情不时烦扰着自己，总想着明天再来图书馆吧，明天，明天，不知不觉就到了毕业前夕。

在阅览室中看书时，我从不喜欢坐在书桌前规规矩矩地看，书架间的某个角落是我的最爱。尤其是夏天，自己带着垫子与水杯，找个不为人知的角落倚靠着书架坐下，周围都是书，信手取过一本就读，读上几页或几章就再抓过一本新的来读，读不是目的，目的是享受那种去留无意的自在心情。不过按照管理规定，每次只准拿两本书在阅览室阅读，这大大限制了我读书的乐趣。要知道，孤灯夜雨乱翻书乃读书之至高境界，三大要素缺一不可。这乱字诀一定要书多才好用，所以我时常和管理员打游击，把自己喜欢看的书都放在一起，或利用身高优势藏在书架最顶上，或利用人性弱点藏在欲盖弥彰处，而我的不败纪录最多可以维持一周，一周之后准会被发现，书籍各自归位。其间，充分体会到了与人斗其乐无穷的乐趣。

最喜欢傍晚的图书馆，夕阳西下，暮色中的图书馆如同一位睿智的长者，慈爱地微笑着。阳光穿过书架洒落在书页上，文字便鲜活起来。正在读着《灰锡时代》，难得的好作品，幽默的文笔让我忍不住笑出声来，管理员老师奇怪地看着我。

静静读着，有时会在某本书中遇到一份意外的小小惊喜。

那是一片已然开始褪去颜色的花瓣，它给我带来了无限的遐想。是谁最初把你带入书中？是一个清秀的男生还是一个温婉的女生？为何他把你遗忘在了这里？是为了与我相见吗？想起佛家前世今生的说法，虽然不相信，却觉得很美。放花的人前世是否认识我呢？想必是的，不然我何以会看见你的花？花瓣早已失去水分，淡淡的紫色如水墨般晕染，遗落它的人可知道此刻它带给我一份如此美丽的想象吗？

有一种东西是高校所独有的，它笼罩着、熏陶着、感化着自己怀抱里的一草一木，最后化为千千万万青年学子生命中最重要的底色。在那有些破旧的教室中，导师尽情地讲，学子们静静地听，不知不觉间暮色降临，晚风习习，书里书外，如梦如幻。

绽放在盛夏里面的各种花儿，播撒出醉人的清香，晕染着最后的锦绣年华。

几天以后的一个下午，计算机中心里，肖凌和丁冬正在制作用于晚会播放的视频和幻灯片。这既有些枯燥又有点乐趣，不过也有麻烦的时候，比如如何剪辑才能让时间点衔接得很准确，她们并不敢大意。

六月应该算是夏季吧，肖凌记得初中时老师讲的似乎是这样，至少不能算春季。在这个最惬意的季节里，计算机中心安装了空调，空调声略显单调又很有韵律，就像窗外知了那不知是否有意义但却很起劲的歌唱。为了让幻灯片更有意味，她打开一段音乐，又拿出U盘，准备再选取一些好看的图片。

制作幻灯片的时候，她坐在电脑的一边，丁冬坐在另一边。丁冬突然问肖凌："你说爱情的感觉是怎样的？"语气坦率，态度自然，就好像在问她夏季什么时候会有知了一样。

"比如说，那是怎么样的？"

"嗯，我想，某一天，某一个地方，我们会喜欢上一个人，没有什么特别的原因。" 肖凌说。丁冬看着她，似乎在体会这话的意思。"也许，"当凌继续说，"还可以爱上其他什么东西。但最后你会结婚，共度岁月几十年，也许一辈子，而最初你根本不认识他。很奇妙不是吗？"

"那，然后呢？"

肖凌盯着电脑屏幕，图片一张张切换过去，宛如那些走过的校园时光，快速的切换使画面变得斑斓而模糊。把音乐的声音调大，音符飘过，缠绕起空调的独语一并飞出窗外。

这声音似乎代表着两个女孩对大学时光的留恋与对未来的期待的巧妙结合。

"当我们遇到时，就知道了。不过，也许遇不到也挺好。"

"毕业后，我们会怀念这一切的，是吗？"

"是的，一定会。"

一场奇怪的讨论就这样结束了，给肖凌留下许多问号。她告诉丁冬如何剪辑视频和添加音乐，并告诉她自己会怀念这段也许并不出色的大学时光，但她真正想说的是什么呢？

计算机中心宽敞而又明亮。在某一个角落里有那么一个座位，座位后边就是空调，到了知了出没的季节就会嗡嗡作响，你会觉得清爽，有时还会觉得有点凉。于是你打开一段音乐，在有凉风吹过的时刻浏览那些美丽的图片。

你在生活中总会遇到那么一个时刻，仿佛存在于时光之外，但同时又会产生某种回忆和让你脸上浮现出微笑的亲切感，悠然，生机勃勃，并且不孤单。

肖凌试图想表达给丁冬的就是这么一个时刻。

也许许多年后的某一天，当丁冬偶然坐在电脑前时，也会想起曾经和一个叫肖凌的女孩一起制作幻灯片，一起讨论爱情是什么的那个午后。

就在我们按照日程紧张忙碌着的时候，负责人之一的小郭从报告厅回来，带来一个坏消息：今年的毕业晚会院里可能不准备办了，因为经费不足。

大家都愣了，有些发呆。为什么不是一开始就通知？为什么要等一切都准备得差不多了才决定？我想起在某本书中看到的一句话，叹口气说："蛋糕落地时，总是有奶油的一面先着地。"

小郭问什么意思，我说就是在事情已经变得糟糕时，往往会变得更糟。

生活里，世间事，大抵如此。

沉默了一会儿，大家决定不能就这么放弃了，要去和主任谈谈，或许能改变些什么。第二天早上，我与二哥还有小郭等人去办公室找主任，主任办公室很大，但主任还没到。几个女老师正在那里聊家常，听了一会儿，全是衣服啊，年龄啊，谁又和谁一起吃饭去了啊，等等，小郭小声对二哥总结道：“女人就是女人，八卦是天性，和职业无关。”

这时一个看样子很文静的小女生急急忙忙地走进来，对一个聊得正投入的女老师说些什么，似乎是在请假，被打断雅兴的老师很不高兴，阴阳怪气地大声说：“你啊，爱上课不上课，啊，听到没？跟我一点关系都没有，哎，你爱毕业不毕业！”那女生被吼得脸色通红，尴尬地站在那里不知如何是好，最后默默地走开了。

不久主任来了，问明情况后语调很客气地说这个我也没有权利决定办不办晚会啊，这不归我们管，和我们无关，你们再找找别的领导吧。一上午的时间，我们几乎跑遍了整个行政楼，虽然部门不同，但得到的回答却很相同：这不是我们的事，不归我们管，你们找别人去吧。

走出行政楼，外边的天空碧蓝如洗。

去食堂吃饭，打好了饭菜，猛吃几口后，二哥一拍桌子发话：“不行，这是我们的晚会，我们自己来！”

对，这是我们自己的晚会，学院不管，那我们就自己办。

首先是拉赞助。

这件事交给了伶牙俐齿善于交际的小郭同志，在奔波了几天之后，小郭同时带着好消息与坏消息回到寝室。好消息是校园附近的各种店铺愿意赞助，坏消息是他们都不愿意无偿赞助，都要在晚会上做广告，还必须要让观众印象深刻才行。

二哥说："这个不好办吧？难道我唱歌唱一半突然停下来，说一句：'康师傅冰红茶，真好！'那还不热闹了？！"我们大笑，最后还是冯导的电影《大腕》给了我们灵感，经讨论决定以见缝插针的方式在舞台布景和演员身上下功夫。

于是便有了如下结果：舞台左边的条幅是康师傅祝晚会圆满成功，右边条幅则是李医生愿学子们前程似锦，横批是二道茶提醒您师恩难忘。你还别说，挺对仗的。主持人服装由某某婚纱摄影提供，演员化装由丽人坊亲情完成，工作人员盒饭由校外加州牛肉面面馆免费提供，等等。

大家都觉得很好玩，还真有点做大明星的感觉。

赞助有了，接下来是借场地。

原本用于晚会的报告厅现在已经不准用了，如果不举办露天晚会的话，就只有音乐厅可以。好在丁冬认识音乐系的负责人，几番交涉后顺利借到使用权，然后她带着肖凌与笑南前去简单打扫。音乐厅里似乎什么都没变，肖凌说她似乎可以听到去年大家在这里演话剧的声音。丁冬看着空无一人的座位默不作声，肖凌问她怎么了，她说我想阿苏了。

每个人都不说话，有点想哭。

天堂中的阿苏，你还好吗?

这天我正在寝室中挥毫泼墨，准备多画几幅画来送同学以为纪念，走廊里突然一阵喧哗，原来是辅导员老师带着DV来了。这位老师很年轻，人也很活泼，她打算拍摄一些寝室生活片段在晚会中播放，于是大家纷纷摆出各种搞怪造型，好不热闹。

傍晚时候，小郭回来了，并拿出一张淡紫色的信笺，上面有着我们很熟悉的笔迹：

请把花香与时间收藏

愿每个人都有新的起点和方向

——阿苏

小郭说我是在图书馆自习室中发现的，你们说真的是阿苏写的么？二哥说是的，这一定是她写的，她没有离开，从来没有。

筹备已久的毕业晚会，终于即将开始。

我们坐在观众席上和大家一起进行着开幕前的倒数：

五，镁光灯亮起，身边的嘈杂突然一下子消失，心里流淌过一阵静谧。我们真的已经度过了四年吗？仿佛只是转瞬间，仿佛只是昨天……

四，灯光秀开始了。灯光开启的瞬间，色彩与光芒纠缠在一起向四方流溢。

三，音乐响起，声音追逐着彩光的轨迹，不甘落后地四处飞跃，年轻的人生就该精彩绚烂，神采飞扬。

二，我期待未来，下一站是未知，是风雨兼程，还是阳光灿烂，我都喜欢。

一，温柔而清澈的前奏响起，多年后的某一天，依然会记起这样一个夜晚，属于我们的晚会，开始了。

“你曾说我的心像玻璃杯

单纯的透明如水

…………

拈一只小小的玻璃杯

盛不下太多泪水

多一点爱就多一点疲惫

洒掉一些给自己放飞

那轻轻巧巧的玻璃杯

总是太容易破碎

盛下了泪水就盛不下妩媚

…………”

歌声简洁干净，又寥廓高远。三个中文系的女孩，素色长裙，样式简单的帆布鞋，带着宽檐草帽，带着唯有青春才有的干净明朗，好像从田野间走来，坐在高脚椅上轻轻吟唱这首《玻璃杯》。

清澈的校园民谣，是大学时光最美丽的注脚。

随后，在彩排时并不被看好的诗朗诵感动了每一个人。

“繁花凋落　牡丹也失去了颜色

不是春天里　没有在秋风中

芳草碧连天的承诺　就此终结

萋萋满别情的离绪　在这样的时节疯生

我在这里　你呢”

我周围的女生，已经抑制不住眼中的泪水。

“长亭外　古道边　芳草碧连天

天之涯　海之角　知晓难相见

多少次漫步校园　思考自己的事情　周围的一切仿佛与我无关

然而　这次却睁大眼睛　希望将每一朵花　每一株草都镌刻心中

…………

可曾记得大学通知书的模样

可曾记得当初背起的行囊

大一的我们吵吵嚷嚷　来自四面八方

可记得　第一次看到师大的校门

可记得　第一次在食堂刷卡就餐

可记得　第一次由学长带领畅游校园

第一次的社团招新

当然　还有那最重要的图书馆

第一次　在这自由的气息中生存　是否争着抢着去看高中想看

但一直没时间看的书籍

第一次　所有的东西都听任自己的意念

懵懂地听着学长学姐的教导

傻傻地声嘶力竭地在球场助威呐喊

可还记得遇上的心动的女孩　但是一切的一切都改变了当初的模样

…………”

记得，记得，我一切都记得，可时光啊，为什么那么快？为什么我还来不及回味，就已经毕业？

“南来北往的列车　带走了我太多的伙伴

没有谁　还在宿舍　独自吟唱着那首老歌

没有谁的日记　被风吹动　乱了页码

没有谁的篮球　静静地躺在角落　独自等待

我在这里

你呢

分别了

离开了

不在了

真的要走了吗

真的不能留恋了吗

…………”

我不知道这首诗来自哪里，作者是谁，也不知道朗诵它的人又是谁，不知道下面的诗句是什么，因为掌声淹没了其他声音，我的眼睛，充盈着不愿滴落的泪水。

是小提琴伴奏那明亮的音色释化了诗朗诵卷起的惆怅，越来越强的音符预示着即将到来的热情澎湃。演奏者是一位年轻的女孩，她已经顺利考取中央音乐学院继续深造，她说，现在，她要用音乐对自己的青春告白。

热情不会冷却，随后登台的二哥的摇滚惊艳全场，一举一动，摇滚范儿十足。靓丽时尚的女讲师登台献花则更是把气氛推到高潮。一曲结束，二哥的风头余韵本可以让观众继续回味，却被艺术系六位女生表演的爵士舞一下抢走。

毫无征兆突然响起的重低音从地面潜行而来，沿着血管窜行，直击你的心脏。无法抗拒，被强劲的节奏俘虏，随之一起跳动。

我突然想起罗百吉，作为一名原创DJ，他的影响力曾经遍及亚洲，可如今大概没有几个人记得他了吧。

灯光开启的瞬间，色彩与光芒纠缠在一起向四方流溢，声音追逐着彩光的轨迹也不甘落后地四处飞跃，撞击着所有人的耳膜。

流光溢彩的涡流中央，是她们的舞台。

放肆的节奏如同挑衅一般来袭，她们毫不示弱，用张扬奔放的舞步来牵引随意流窜自作主张的音符，真是一种嚣张的美丽。

律动，抓住明天最美的想象；绽放，打开对未来所有的渴望。

空间啊，记住吧，这里是我们的舞台。

时间啊，请停留一下吧，这一刻是我们锦绣年华的精彩！

我歌，我舞，我哭泣，我欢笑，我思考，我渴望，我期待，所以我年轻，所以我在！

四年了，从来不曾知道原来身边的同学是那样的才华横溢，为什么直到临近毕业时我们才变得熟悉？

我希望晚会就这样一直开下去，表演永远不要有完结。

直到耳边有人唱起了朴树的《那些花儿》，温柔如水的旋律就那样轻轻流淌在耳旁：

“那片笑声让我想起我的那些花儿，在我生命每个角落静静为我开着，我曾以为我会永远守在她身旁，今天我们已经离去在人海茫茫……”

五月的时候总觉得分别的日子还很久，进入六月以来，笑南仿佛每天都在数着日子过。日子一天天地过去，迎着希望也怀念着过去。

文学院也要搬迁了，不知道路两边的丁香花和她喜欢的那株樱草蔷薇会不会留下。也许许多年以后，当人们已经习惯文学院新样子的时候，她还是会怀念它曾经的容貌。红体蓝顶，草木扶疏，门前两只石狮，两边贴有对联，节日时会有大红的灯笼，走廊中有前辈大师们的头像，那里面有着一代又一代学生与老师们的点点滴滴。

离别季的味道是栀子花的浓香，开始是淡淡的清雅，随之而来的是浓郁。这味道恰如我们的相识，最初浅浅淡淡，但岁月染就了它的真挚与浓情。洁白如花，香浓如花，我们的情谊在时间的洗礼中深刻，亦从淡雅而到浓厚。

离别季的颜色是七彩的，照片里有黑色的毕业学士服，白色的纪念衫，红色的长裙，金色的阳光，绿色的树……一张张照片留住了此间的笑容与惆怅。

离别季的情怀是甜美的忧郁，我们伤怀未来不知路在何方，不知你我在何方；我们欣喜未知的挑战，憧憬而又惴惴不安。

离别季啊……

“他们都老了吧？他们在哪里呀？我们就这样，各自奔天涯。”

昨晚就已经开始有同学离校了，站台上送别的人很多，有的相拥而泣，有的相互寒暄，有的毕业生集体为离开的同学唱歌……而丁冬却异常地沉默，似乎嘈杂的人群都与她无关。

刚才还在一起吃饭，争论着东西怎么放在包里，转眼就坐在火车上了，隔着车窗眼泪止不住地掉下来，再长的拥抱也只能被无情的鸣笛声分开。

丁冬本以为自己可以笑着祝福，可以坦然地面对分别，可现在却只是呆呆地站在火车旁边，眼泪伴着回忆模糊了一片。记得大家刚来的时候，都说没有想到彼此能相处得这么好，在大学中交到了一生的挚友。事实证明当初的判断没错，那些感情已经永远凝结在了可爱的中文系。有太多的回忆留给了自己，留在了这个熟悉的城市中。

再一次漫步在校园中，同样的景色，却是不一样的人了。走到二楼就会想肖凌和笑南已经不在那面住了，到四楼的阅览室也看不到在那里奋斗的同学们了。

过了六月大家就都会走了，但她想静静地留下来，直到不能继续住下去为止。想起《士兵突击》里的许三多，大家都走了，只有他守着老连队的楼房，每天仍旧打扫得干干净净，一切像往常一样，只是再也看不到了，往常那一张张熟悉的脸庞。

终于火车离自己越来越远了，但她还是出神地望着铁轨的前方，希望长长的铁轨能够把思想与祝福传达给车上的人。她知道，她知道当火车驶出这座城市的时候，车上的那些同学会更加思念这座城市，想念这座城市中的那些人……

“她们已经被风吹走散落在天涯，有些故事还没讲完那就算了吧，那些心情在岁月中已经难辨真假。”

肖凌轻轻闭上眼睛，回想那过了整整四年的校园生活。

大一军训时每天都是十点半熄灯，六点起床做早操，迟到了会被通报。通常早上出去时眼前漆黑一片，迎面走来的人都看不见，真难为大家竟也能把队站整齐。至于做操，由于很多动作都不熟练，所以自己一直都是闭着眼睛做完的。

然后冲向食堂，洪水般的人，如果能在那段时间抢到一个馒头的话，那简直就是战利品。回到宿舍后在水房里排队洗漱，然后是随便的早饭，又匆忙地赶往教室。

寝室的内务用军事化管理来形容一点都不过分。床下只许摆放一双鞋和一个盆子，桌子上只能摆放电话，白天睡觉是不允许打开被子的。半个月的军训时光，晚上睡觉没有用过枕头和被子，中午休息的时候没有胆量爬上床，因为第一天累极了的我们爬上床的结果是被全寝批评。

大家都开玩笑说军训时宿舍中每件物品的存在价值都是被剥夺了的。用于装垃圾的垃圾桶里不能有垃圾，用于挂衣服的挂钩不能挂东西，而桌子上不能放东西，床上则不能躺人。如果让当初的自己回味那段时光无疑是种煎熬，可是如今却觉得那段煎熬无疑是最珍贵的回忆。

大二时，终于从早操中解脱出来了，可痛苦的晚自习却又总是那么无聊。教室里明明没有良好的环境还非要去硬充人数。记得自己因为晚自习还和一个所谓的学生会主席吵了一架，现在依然叫他猪头。

然后是大三，大四。

想起校园中曾流行过这样的段子，鲁迅先生的作品被用来形容四年大学生活：大一是《呐喊》，大二感《彷徨》，大三成《伤逝》，大四则是《朝花夕拾》。

朝花夕拾啊，多美的词语。

以后我们都会散落在天涯，忙碌着自己的日子，继续着新的人生篇章。

只是偶尔驻足停步，猛然忆起当初的你我，不禁怅然若失。

“她们已经被风吹走散落在天涯，他们都老了吧？他们在哪里呀？我们就这样各自奔天涯。”

二哥时常觉得夏天还没到。

这个夏天过去得格外快，以至于他感觉好像还没有来到。走在校园里感受着秋天的阵阵凉意，虽然树还是绿色的，但是夏天确实过去了，只是还没来得及品味，就只剩下留恋了。

学校里来了许多新生，看着他们朝气蓬勃的样子，总能想起曾经的自己。

毕业前那段日子，二哥几乎很少出寝室，总是让老大或小郭帮自己把书借回来，然后懒懒地躺在床上看，已经很少去图书馆了。用他自己的话说这叫“千金之子，坐不垂堂；少爷之身，不动如常”。这四句看起来很雅的话忽悠了老大和小郭很久，后来才知道后两句根本就是二哥自己乱编的。

不过二哥在床上翻着书看着看着就转头看窗外的麻雀去了，然后就会想起图书馆中二楼的阅览室。

二楼新书阅览室的负责人是位铁面无私的大叔，严格执行图书馆各项规章制度，比如决不允许同学私自带书到里面上自习，也决不允许一次搬出很多杂志来看等诸如此类其实大可以置之一笑的条例。一次二哥又被他抓到违纪，由于二哥屡次违纪并屡教不改，大叔决定记下二哥的名字与系别上报管理处。二哥低眉顺目作良民状，在本子上签下小郭的名字，又在系别一栏写上银河系三个字后扬长而去。此事后来不知怎么流传了出去，成为中文系美谈之一。

不知从什么时候起，新书借阅处换成了一个女孩负责，很明显她也是个学生，多半是来做勤工俭学一类的。她办事很快，借阅或是还书管理得很好，从不出错，也不在意同学们来上自习，大家都很喜欢她，只是，她从来不笑。二哥也发现了这一点，于是总琢磨着让她笑一次看看是什么样子。

聪明的二哥（或者说动机不纯的二哥）开始在每一本他借来的书上都贴一个笑脸，然后再还回去，并于还书时双眼直视该女孩，以收到提醒之作用。俗话说世间无难事，只怕脸皮厚，在二哥买了无数个笑脸贴纸之后，在同学们奇怪于怎么图书馆中几乎三分之一的书都有了笑脸之后，女孩终于注意到了二哥这个借书“卖笑”的可怜人。

于是每次二哥来借书或是还书，她都会报以微微的点头并伴随着嘴角弯起一丝新月的表情。物理学告诉我们新月的弧度几乎是看不见的，所以二哥认为革命尚未成功，自己仍需努力。于是只可怜了那些书，开始被贴以各种升级版的笑脸和各种可爱的卡通图案，而图书馆女孩嘴角的弧度也随之逐渐变大，终于有一天二哥一脸花痴地跑回寝室对我们唱起周杰伦的《她的睫毛》，然后解释说她终于笑了。不过我们始终不明白那和这首歌有什么关系，但那并不重要，二哥向我们宣布说，他要和她说一句话，对，说一句话。

在看见她笑过之后，二哥总想该和她说些什么呢？是告诉她你笑起来很美，要多笑笑，还是大声说嗨，你叫什么名字？又或是其他什么的？可每次借书的人都那么多，只有匆匆地借了书离开，每次都想，下回一定要和她说些什么。

也许二哥已经设计过无数种语言方案，或幽默或智慧，但在机会突然毫无预兆地来到之时，二哥却什么也想不起来了。那个下午知了不叫了，温暖的阳光打碎了，散在女孩头发上，阅览室很安静，一个人也没有。

二哥看着女孩，却不知道如何开口了，女孩依旧在摆放书籍，不过动作很慢，似乎等待着什么。

二哥的嘴巴张开又合上，合上又张开，却连一个正常的音节都没发出来。然后就有人来借书了，估计如果不是来了一群人，二哥一定会大喝一声，都闪一边去，今天图书馆闭馆。

女孩回头对他笑了笑，就忙着工作了。

二哥心想，明天，明天一定要问问她的名字。

明天，二哥在借阅处看到一张很阳光的笑脸，却不是那个女孩。

后天，依旧。

二哥去了很多次，都没有再见到那个女孩。

女孩不会知道，二哥究竟要问她的是什么。二哥也不会知道，女孩的回答将会是怎样。

匆匆邂逅，匆匆分别，生活中，一切都那样匆匆。

二哥翻弄着手中的书，突然发现条形码旁边一个笑脸正看着自己，于是二哥，也笑了起来，很傻的样子。

二哥从来没有像今年一样喜欢过夏天，这样的夏天明年还会有，每年都会有一个如此阳光灿烂的夏天。

“啦……想她，啦……她还在开吗？啦……去呀！如今这里荒草从生没有了鲜花，好在曾经拥有你们的春秋和冬夏。”

外面依旧充满着温暖的阳光，有桃花开得正盛，偶尔会有被风吹落的花瓣，白色的，粉色的，漫天飞舞，很漂亮。按照日历马上就要立夏了，文学院的丁香花不久就又会开放了，灿灿的一簇簇，很漂亮，鲜艳的颜色映入眼睛里却不会感到一点刺目。

曾经的点点滴滴会一点点积淀，会弥漫着陈年的酒香，美丽的时光会留在日后的每一次回忆中。

进寝室要先对暗号，你说天王盖地虎，我答宝塔镇河妖。

下棋输的要去校门口买炒饭，回来大家一起聚餐。

放假时寝室无人，只有我和老大，我们边听广播边聊天一直到天亮。

毕业的前一晚二哥想和我聊天，我却很困不能回应，直到现在还很遗憾后悔。

…………

真的不适应身边没有了朝夕相处的室友们，相处四年了，对离别这个概念很是模糊，熟悉的身影都不见了，这个再熟悉不过的校园一时间也仿佛陌生了许多。

晚会结束时放起了烟花，绚丽的烟花在夜空中绽放，缕缕点点，如星月的花瓣，然后消失。

再见了，我的大学时代，再见了，那段最美好的时光。

它们不曾留下痕迹，可我已看见，岁月中，有花开过。

愿时光，不老去，就这样，到永远。

◆ 后记

我生命中有一段最美好的时光，遇见了许多人，经历了许多事，让我更加真切深刻地感受到这世界的广阔与美好。文字是美丽而永恒的，我用文字将它们全都记录下来，再也没有任何遗憾，无论何时看到，都会觉得温暖。

印刷成书后，我一定会放一本在我房间的书架中。未来，我的女儿会在不经意间看到它，然后在一个有着温暖阳光的午后，阅读它。她不会知道名为采言的作者是谁，她会觉得书很无聊又或是很好看，然后放回书架，就这样。

这样的时光，是最好的。